蒼はしっかりと広がった男の肩にしがみつき、もっと深いキスができるように顔を傾けた。蕩けるようなキスに溺れていく――。（本文より抜粋）

DARIA BUNKO

花の堕ちる夜

沙野風結子

illustration※小路龍流

イラストレーション❋小路龍流

CONTENTS

花の堕ちる夜 9

眉間の空 243

かの庭に廻る春 255

あとがき 268

この作品はフィクションです。
実在の人物・団体・事件などに一切関係ありません。

花の堕ちる夜

プロローグ

空では、闇に溶け込むようにして広がり始めた暁光が、星の姿を朧《おぼろ》にしていく。けれど、地はいまだ暗い。この細い裏路地は夜の最中にあった。そこを蒼《ツァン》はいまにも転びそうな足取りで走っていた……少なくとも、走っているつもりだった。

もつれた足が飲食店裏の残飯のはいったバケツを蹴り飛ばすと、派手な音をたてて中身がぶちまけられた。同時にバランスを崩して、どっと前のめりに転ぶ。舗装しているとは名ばかりのガタガタのアスファルトに掌《てのひら》を打ちつける。昨日の晩に降った雨で、地面は冷たく湿っていた。

いまの音で、追っ手は獲物の位置を知っただろう。

蒼は笑う膝で跳ね起きると、ふたたび走り始めた。

肺は張り裂けそうで、吸っても吸っても酸素をまともに取り込んでくれない。ナイフで刺された右肩が熱い。

激しい眩暈《めまい》を覚えながらも迷路のような裏路地を走っていくと、角を曲がった途端、前方にほのかな光が生まれた。街灯だ。

――とにかく、あそこまで走りきるんだ。

限界状態の心と身体を叱咤《しった》し、最後の力を振り絞って、光へと向かう。

突然、パッと視界が開けた。

まろび出た先は、一秒前までいた裏路地とは別世界の、なだらかに舗装された小綺麗な大通りだった。

――自転車か、車か。……なんでもいい。

逃げきるための手段を求めて、必死の眼差しであたりを見まわす。

と、一台の白いキャデラックが停まっているのが目に飛び込んできた。迷っている暇などない。蒼は車に駆け寄ると、壊さんばかりの勢いでドアを開けた。運転手を路上へと引き摺《ず》り降ろして、代わりに乗り込む。挿しっぱなしだったキーをまわした。エンジンがかかるや否や、ギアを入れ替え、ハンドルを抱えるような前傾姿勢で力いっぱいアクセルを踏み込む。

走ればいいというレベルで作られている中国の国産車とは違って、性能のいい外車は蒼の焦燥感に応えて最高のレスポンスで発進し、一気に加速してくれる。

バックミラーを見上げれば、裏路地から走り出てきた数人の男たちの姿が映っていた。それがあっという間に豆粒のようになっていく。

それでも狩りたてられる恐怖はすぐには収まらなかった。高架道路を暴走しつづけ、ようやっと停車してもいいような気持ちになれたのは数十分後のことだった。

サイドブレーキを引いて改めて外の景色に目をやる。そこは郊外の工場地帯だった。

空はすでに朝の色、赤みを含まない透明感のある青があたりを包んでいる。

ハンドルへと、蒼は額を落とした。

身体中の筋肉が酷使による痙攣《けいれん》と、安堵《あんど》による弛緩とを繰り返す。頭のなかもそうだった。復讐を果たせなかったというキリキリした口惜しさと、命を保てたという嬉しさのあいだを行き来する。

どれほどのあいだ、そうやって突っ伏していただろう。

心と身体が凪《な》いでいくに従って、肩口の傷に焼けるような痛みが生じてくる。心臓が脈打つたびに、ズキズキと右肩から頭まで痛みが広がる。

細く息を吐き出しながら肩に触れてみると、シャツはねっとりと濡れていた。思いのほか出血はひどいらしかった。顔を上げようとすると、頭の芯がぐらぐらと揺れる。吐き気を覚えながらも、なんとか上体を起こしてシートにぐったりと凭《もた》れかかったときだった。

カチ。

すぐ耳元で冷たい鉄の音がして、蒼は目を見開いた。

側頭部に硬いものが押しつけられている。

「……誰、だ？」

乾いた唇で、呻《うめ》くように尋ねる。

「それは、こちらの台詞です」

低い濁りのない声が答えた。

「朝からずいぶんと乱暴なドライブに連れてきてくれたものですね」

この匂いはなんだっただろう？

後部座席から絡《から》みつくように寄せてくる匂いに、意識が揺らいだ。

花の匂いだ。

華やかで、けれどもヒタヒタとした夜の静けさを思わせる。

蒼は首を伸ばして顔をのけ反らせ、重い瞼《まぶた》を上げた。バックミラーに映る、銃を持ったスーツ姿の男を見る。

その端正な顔を確かにどこかで見たことがあると思いながらも、記憶を辿《たど》れないまま、蒼の意識は薄らいで、消えた。

第一章　魔ノ都

1

二年前の一九九七年七月、香港《ホンコン》がイギリスから中国に返還されたとき、ここ上海《シャンハイ》の街のいたるところに「香港回帰」という垂れ幕が吊るされた。そうして歓迎ムードに包まれながらも、香港が返還されることで上海がより力を得て飛躍するのか、あるいは蓄えてきた経済力を香港に吸収されるかたちで失墜するのか、人々は固唾《かたず》を呑《の》んで見守っていた。

結果は、浦東《プートン》の東方明珠《とうほうめいじゅ》テレビ塔が従える高層ビル群が現在も増殖を続けているのを見れば明らかだ。

緩やかに湾曲する黄浦江《ホアンプージャン》を挟んで、外灘《バンド》の重厚なアールデコ調の建築物群が半世紀前の栄光のモニュメントなら、浦東の奇抜な摩天楼群は上海の果てなき未来を約束するモニュメントだ。

この数年間、上海のGDP成長率は毎年十パーセント超えを打ち出しつづけている。

そして、そんな急激な発展は当然、街のあちらこちらにひずみを生む。

昼でも薄暗い湿った裏路地のすぐ横に、あたかも欧米先進国の街並みを移植したかのように洗練された通りが走る。食いつなぐのだけで精一杯な公団住民と、まるでファッション雑誌から抜け出したみたいな超高層マンション住民とが当たり前に擦れ違う。

光が強い分、影もまた濃い。

蒼はガウン姿で広いベッドに横たわったまま、大きな窓に臨む浦東地区の高層ビル群の夜景をぼんやり眺めながら、そんなことを考えていた。

逃走劇でよほど疲れ果てていたらしい。早朝に途切れた意識が戻ったとき、すでに陽は完全に落ちていた。血に汚れた衣服の代わりにナイトガウンを着せられ、右肩の傷は処置が施されていた。包帯は大仰に胸の上部まで巻かれている。

あの男が、このマンションの上層階らしい部屋――リビングダイニングのほかに広い部屋が何室もあるここは、洋風ななかに骨董家具をアクセントとして取り入れた、非常に洗練された空間だ――に自分を連れてきたのだろう。

放り出さずに怪我の手当てをしてくれた、というのは感謝すべきことだったが、玄関のドアが開かず外に出られないことを考えると、そうありがたがってばかりもいられない。

「……耿零飛《ガンリンフェイ》、か」

車で気を失ったときに考えていたバックミラーに映った男の正体は、ここで目を覚ましたのと同時にぽっかりと浮かんできた。

そして、それはいっそ思い出さないほうがマシな答えだった。

「マフィアから逃げてたはずなのに、乗り込んだのがまたマフィアの車だったなんて、笑えないって」

前髪をぐしゃっと掻きながら、身体を起こす。

ぐらつく視界を何度かの瞬きで落ち着ける。

耿零飛は、今朝がた蒼を追っていた組織とは違うが、上海の黒社会を仕切る二大組織のうちのひとつである千翼幇《イーチェンバン》の幹部だ。より正しく言えば、千翼幇総帥の次男にあたる。

生粋の黒社会出身の人間でありながら、飛天《フェイティエン》対外貿易有限公司のトップという表の顔も持っていて、蒼が彼の顔に覚えがあったのは、よく経済誌などに写真入りで取り上げられていたからだった。

マフィアが闇の金を流用して表社会に進出し、高度成長の立て役者となる……それは上海や香港では日常的に見られる構図だ。権力のあるところに、マフィアは必ず巣食う。警察上層部にすらマフィア関係者がはいり込み、黒社会に便宜を図っているのは周知の事実だ。

——そうやって黒社会は増長して、海外にまで手を広げてる。俺たちみたいな貧しい層の人間たちを取り込みながら、犠牲にしながら、巨大化していく。

実際、蒼の幼馴染みの幾人かは、黒社会へと身を堕《お》としていった。

そして妹もまたマフィアの手にかかって……思わずギリッと唇を噛み締めると、口のなかに血の味が広がる。

と、玄関ドアが開く音がした。蒼は反射的に身体を緊張させて、身構える。

リビングのフローリングをゆったりと横切る足音が聞こえ、寝室のドアが開いた。

ドアのところで立ち止まった男は、長身のしっかりした身体でチャコールグレイのスリーピースをこのうえなく完璧に着こなし、この国が誇る超一級のビジネスエリートらしい鮮やかな空気を放っている。

耿零飛は、部屋に一歩足を踏み入れてくるなり嫌味を口にした。

「今朝は楽しい時間をありがとうございました。お陰で、いい目覚ましになりましたよ」

確かアメリカの大学を一年スキップして卒業し、それからすぐに飛天対外貿易有限公司トップに就任して今年で三年目だから、まだ弱冠二十四歳のはずだ。

けれども肩にかかる漆黒の髪を後ろに流し、鋭い眼差しをもつ彼は、大きな成功を収めている青年実業家の自信と落ち着きに満ちている。

車を奪った自分のおこないには確かに非があったけれども、マフィアに対して頭を下げる気にはなれない。無言で睨《にら》んでいると、相手は口元に薄く笑みを浮かべた。

「ここで反抗的な態度を取るのは、あまり賢いこととはいえませんよ」

零飛はベッドの横に佇《たたず》み、腕を胸の前で大きく組んだ。ただそうして立っているだけなのに、表現しがたい威圧感が彼から漂う。

蔑むように見下ろしてくる男の眸《ひとみ》は、闇の色だ。

視線と高圧的な雰囲気に押し潰《つぶ》されそうになる。抗いたくて、蒼はベッドから下りて立ち上がろうとした。

「誰が立っていいと言いました?」

その言葉とともに、右肩に激痛が走る。蒼は大きく呻いて、腰をマットレスへとふたたび沈めた。

「縫うほどの大怪我だったんです。無茶はいけません」

「……手」

「はい?」

「手を、どけろっ!」

ナイフで刺された傷口を強い親指でぐりぐりと捏《こ》ねられる激痛に耐えかねて、蒼は叫んだ。

「どけろ、ですか。この私に命令するとは、本当に自分の立場のわからない人ですね」

零飛の声には明らかに楽しんでいる色がある。

いまここにいるのは、品のいい青年実業家などではなく、千翼幇の幹部だった。

「いくつか質問をしますから、答えなさい。まず、名前からうかがいましょうか」

「……黒社会の奴に教える名前はない」

激痛を堪えて、蒼は零飛の手首を摑むと自分の肩から引き剝がした。そのまま身を捻じるようにして立ち上がり、三歩ほどの間合いを取る。

親指だけ折った左掌を相手に向ける。右手は打撃を繰り出せるように拳《こぶし》を作って脇に引き、下げた右足に重心を置く。その型を取ると、零飛の眉がかすかに動いた。

彼は目をすっと細め、緩い弧を描くかたちで蒼の周りを歩く。その動きに呼応して、蒼の足は縦横に歩を踏んだ。身体に染み込んだ動作なのだが、貧血ぎみらしい。半ば雲のうえに立っているかのように足元がおぼつかない。視界が揺れている。

「武術の心得があるようですね。その歩の取り方は秘宗 拳《ひしゅうけん》ですか？」

じっと蒼の動きを観察していた零飛が問う。

その洞察は正しかった。蒼は秘宗拳の一門に属し、師の下、道場で子供たちに拳法を教えることを生業《なりわい》としている。

わずかな動作を見ただけでそれを見抜いたということは、零飛自身、なんらかの拳法に通じているのだろう。実際、彼の身体はどこにも力がはいっていないようでいて隙というものがまったくない。

——本当にまずい相手に捕まったのかもしれない……。

ざわざわと、嫌な予感が背を撫でる。

万全の体調のときならいざ知らず、いまこの男と拳を交《まじ》えて勝てる気がしなかった。その同じ勝負の読みを零飛もしたのだろう。彼は拳法を使う気もない様子でさっと蒼へと歩を進めてきた。

伸びてきた手を左腕で払い、蒼は流れるように右に身体を避けて回り込んだ。そこから深く重心を落として、拳を相手の脇腹に鋭く突き入れようとする。

しかしそこで、頭の芯がぐらりと揺れ、激しい眩暈がした。

瞬間、目を閉じ……右腕を零飛に摑まれた。がつんと膝をカーペットにつかされる。腕が後ろにぐうっと捻《ね》じ曲げられて、右肩口の傷が悲鳴をあげた。あまりの痛みにもう片方の手でカーペットをバリバリと掻き毟《むし》る。

「傷口が開いたら、また縫合させますから心配しなくていいですよ」

耳元で愉悦を含んだ低音が言い、続けて問い掛けてくる。

「もう一度、訊きます。名は？」

ギリッと、骨を折るのも厭《いと》わないらしい力が腕に加えられる。

本当の名前を告げる必要はない。けれども、嘘をつく余裕すらすでになかった。

「蒼……義蒼《イー》」

小さく叫ぶように答えてしまう。

「年齢と職業は？」

「……」

「答えなさい」

特別強い語気ではない。けれども、腕に与えられる激痛と相俟って、彼の声には人を従わせ

ずにはおかない力があった。

「に……二十一。子供に武術を、教えてる」

「あまり武闘派というふうには見えませんが、教えているからにはそれなりに腕が立つわけですね。得意は？」

「……拳術と双刀」

零飛が間近で顔を覗《のぞ》き込んできた。

「私も多少嗜《たしな》みがあるんです。ぜひとも今度、手合わせ願いたいものです」

肉薄の唇が口角を綺麗に上げ、気持ち吊りぎみの二重の目元が細められた。面長な輪郭のなかのパーツがひとつひとつ整いすぎているせいだろうか。それとも表面の皮一枚で笑っているせいだろうか。その微笑はとても華やかだったけれども、人間らしい温かみを欠いていた。

「では、ここからが本題です。今朝、君は誰から逃げていたのですか？」

黒社会の組織同士にどういう横の繋がりがあるかわからない。答えてしまったら、敵に引き渡されないとも限らなかった。長い沈黙が落ちると、

「答えなさい。私は同じ質問を二度するのは好きではありません」

零飛からの圧迫感と、右半身をビリビリと痺《しび》れさせる痛みに、ついに負けた。

「……幇《バン》、黒爪幇《ヘイツァオバン》から逃げてた」

少し拘束が緩められて、わずかに痛みが引く。身体から力が抜ける。

同時に、昏《くら》い花の匂いが急に意識された。それは妙にねっとりと四肢に絡みついてくる。

「組織から追われるようなことをする種類の人間には見えませんが？」

張り詰めていた心身の緊張の糸が緩んでしまっていた。蒼の唇が動く。

「――妹が、朱月《シュウユエ》が黒爪幇の奴のせいで……………命を落とした」

「妹さんが、ですか。いつ？」

「三ヶ月前、ビルから落ちて」

「強姦か輪姦でもされてから、殺されたんですか？」

まるでよくある話をするような口調、あまりに気遣いのない言葉だった。

――こいつは向こうの世界の人間だから、きっと、女がビルに連れ込まれて乱暴されて殺されるのなんて、珍しくもないんだ……もしかすると、こいつ自身、そういうことをやってきたのかもしれない。

そう思うと、この男が妹を殺した張本人のようにすら思えてくる。

蒼は十センチほどの距離にある闇色の眸を憎しみを込めて睨んだ。だが、こんな眼差しを向けられることに慣れているのだろう。零飛はまったく動じない。視線で答えを促された。

「乱暴は、されてなかった……きっと抵抗して、その前に殺されたんだ」

「それでは、なにか別の悩みがあっての自殺かもしれないでしょう。どうして黒爪幇の仕業だと思ったんです？」

「警察も悩みでもあって自殺したんだろうって片づけた。でも、俺は信じなかった。それで訊き込みをしてたら、妹が男に工事中の高層ビルに連れ込まれるのを見たっていう露天商が見つかったんだ。左腕に緋牡丹《ひぼたん》の刺青《いれずみ》のある、爪を黒く塗った男だったって……だから俺は仇《かたき》を討つために、夕べひとりで黒爪幇の奴らが出入りしている店に行って——それであのザマだ」

掠《かす》れ声で吐く。

「ひとりで、ですか。腕に覚えがあるからといって、またずいぶんと愚かしい行動をしましたね」

「そうしないではいられなかったんだっ！」

いつもは決して人を傷つける目的で武術を使わないようにと子供たちに言い聞かせているのに、そんな教えなど頭から微塵もなくなっていた。妹を死に追いやった張本人を、この手この足で打ち砕くことができるのなら、どんな禁忌も犯そうと思った。

「うちは早くに両親が病死して、ふたりきりで生きてきた兄妹だった……」

言葉の最後は大きく震えた。

国営工場に勤めていた親は五年前、立てつづけに死んだ。

雨風だけをようやく凌《しの》げる、居間兼台所と一間だけの狭くてみすぼらしい公団住宅。電気ストーブひとつでは太刀打ちできない零下の冬の夜に、服を何重にも着こんで布団にくるまる。そんな生活を送る上海市民は少なくないけれども、それでも保護者を失った心もとなさは、どうとも表現できない寒さと惨めさを骨の髄まで沁《し》みさせた。

そんななか、兄妹ふたりきりで文字どおり肩を寄せ合って暮らしてきたのだ。

蒼は右手の甲をぐっと額に押し当てた。

――それなのに、たったひとりの肉親だったのに……守れなかった！

唇を嚙み締め、胸から喉へと込み上げてこようとする熱い塊《かたまり》を何度も呑み込む。けれども呑んでも呑んでも収まらず、感情はいまにも爆発しそうだった。身体がブルブルと震えだす。

蒼の右手首に零飛が手指を絡めてきた。顔から手を剝がされる。

目の奥が熱くて、どうしても堪えられなかった。

ぽつりと一筋の涙が頰を伝い落ちる。

その涙に惹かれたように、零飛の手が伸びてきた。

親指で涙に触れてくる……拭《ぬぐ》うのでも払うのでもなく、本当に触れたという感じだった。

泣き顔を見られるのが耐えられず、蒼はその手を撥《は》ね退けると、寝室横の洗面所へと飛び込んだ。

やたらに横幅の長い黒光りする洗面台に向かい、勢いよく出した冷水で顔を叩くように洗う。

なんとか、いつもの落ち着きのある自分を取り戻したかった。

会って間もない赤の他人に、しかもあんな黒社会の人間に、こんな脆《もろ》くてなまなましい感情を引き出されるのは耐えられない。

鼻先から顎《あご》から前髪から、水がしたたり落ちる。両手をぐっと洗面台の縁につき、なんとか気持ちを落ち着かせてから、顔を上げた。

「……」

目の前の壁一面に張られた鏡に映る自分の顔を見つめる。

——朱月。

男女の性差はあるものの、妹と蒼の面立ちには類似する部分がいくつもあった。切れ長の黒目がちな眸と、そこに深い影を落とす睫《まつげ》。すうっと伸びる眉。描いたような顎の線。唇の少しやわらかげな輪郭。怜悧《れいり》さと儚《はかな》さ、芯の強さを同時に見る者に印象づける容貌……この左目の下のホクロは、朱月にはなかったけれども。

ひとりっ子政策が上海で厳しく行われるようになった一九八一年の前年に、朱月は生まれた。両親を失ったとき、蒼は妹がこの世に存在してくれたのを本当にありがたいと思ったものだった。妹は、ずっと蒼の支えだった。

——……待ってろよ。俺がちゃんと復讐してやるからな。緋牡丹の刺青のある黒爪幇の男を捜し出して、この手で殺してやる。

自分の眸が爛々《らんらん》と昏い光を宿すのを見る。

いつしか、鏡のなかには零飛の姿があった。ジャケットを脱いだシャツにベスト、スラックスといういでたち、ネクタイは緩められている。彼を見据えて、蒼は告げた。

「服を返してくれ。俺にはやらなきゃいけないことがある」

　零飛が面白そうに眉を上げる。

「ここから出て、また黒爪幇に愚かな闘いを挑むつもりですか？」

「今度はもっとちゃんと計画を練る。絶対に緋牡丹の刺青のある男を見つけて、仕留める」

「この上海において、黒爪幇は我が千翼幇と並ぶ組織です。たとえ妹さんを死に追いやった相手が下っ端だったとしても、手に掛ければ、それは黒爪幇を敵に回すことを意味する」

「わかってる」

「目的を遂げるためなら命も惜しくない…ですか」

　ゆるりとした口調で言って、零飛がすうっと背後に寄ってきた。

　後ろから覆い被さるようにされる。背中に身体が押しつけられて、男の胸部や腹部の硬いしっかりした感触に、その肉体がよく鍛えられていることを知る。

　蒼も百七十八センチあるが、零飛はさらに十センチほど背が高かった。

「私が、手を貸しましょう」

　吐息とともにその言葉を耳に吹き込まれて、蒼は目を見開いた。鏡越しに相手を凝視する。

「手を貸す、って……」

「そろそろ利権を黒爪幇と分けることに嫌気が差していたんです。君と私の利害は一致する。ここにいなさい。そうすれば、私が、千翼幇が、君の願いを叶えよう」

「っ、ん」

耳のなかに、なま温くてやわらかいものがはいってくる。

振り払おうと思うのに、鏡の向こうから射てくる黒い視線に動けない。自分の耳に零飛のぬめる紅い舌が出入りするのを見る。背骨を気持ちの悪い痺れが流れる。

「……あんた、男が好きなのか?」

「興味を惹《ひ》かれるものは、男でも女でも」

ガウンの両肩に手がかけられる。

「俺は、男は嫌だ」

身を捩《よじ》って逃げようとすると、引き裂かんばかりの勢いでガウンの両肩が下ろされた。上半身が一気に露わになる。

「君がなにが好《よ》くてなにが嫌かなど、私には関係ありません――なめらかな、いい筋肉ですね。細身だが、綺麗な身体をしている」

腹筋をぞろりと掌で撫でられて、蒼は思わず鳩尾《みぞおち》を引き上げた。

「ふざけてるなら、すぐやめろ。そうでないと……」

「そうでないと?」

抵抗したかったが、正直、それだけの力はもう残っていない。洗面台に手をついて立っているのがやっとの状態だ。

左胸の乳首へと男の親指が乗る。緊張のせいで凝《こご》っていた粒を躙《にじ》り潰された。女でないのだから、そんなことをされてもなんの感覚も起こるはずがないだろうと、蒼は唇を歪める。同性に露骨な性欲の対象にされるのは、むずむずとする、無性に嫌な感覚だった。

零飛の親指が、まるで楽器を爪弾くかの動きで粒を苛《さいな》みだす。ぷつんぷつんと痛みにも似た刺激が、緩急をつけて弾ける。極限まで小刻みになると、電流を通されているみたいに身体が強張っていく。

身体の芯も、きゅうっと強張る。

蒼は目を伏せた。自分の手が、指先が真っ白になるほどきつく洗面台の縁を握り締めているのに気づく。

「……ふ」

か細い吐息が、無意識に唇から漏れた。

ビクビクッと身体が震えて、左胸から下腹へと熱い痺れが流れ込む。

自分がどうやら感じているらしいことに呆然としていると、ガウンの裾を乱暴に広げられた。下着をつけていない下腹部が剝き出しになる。

「なかなかいいものを持っていますね」

「や……め」

性器が長い指に摑まれる。ちょうど下腹と同じ高さの黒い洗面台のうえに、くにゃりと垂れた茎とその下の双玉が載せられた。やや白っぽい肉感がなまなましく浮き立つ。

みっともない姿だったが、背後から体重をかけられているから腰を引くことはできなかった。思わず片手を性器に被せて、隠す。

首筋をちろちろと舐めていた零飛が、喉で笑った。

手首を掴まれ、下腹から引き剝がされる。

「小姐《シャオジェ》のような反応をする。セックスの経験は?」

鏡越しに性器を鑑賞されながら、尋ねられた。

答えずにいると、零飛が後ろから腰を押しつけてきた。硬いものが尻に押し当てられる。

——嘘、だろ。これって……。

生理的な嫌悪感が衝き上げてきて、蒼は少しでも逃れようと上体を洗面台へと倒した。手首を解放され、額を鏡にしたたかぶつける。掌を洗面台のボウルの底につかされ、両手首を片手できつく拘束された。

「質問に答えなさい。セックスの経験は?」

他人にいじられたことのない陰茎に指が絡みついてくる。やわらかな肉をぐにゅぐにゅと揉《も》みしだかれる。

蒼は呻きながら冷たい鏡に額を擦りつけた。

「……………な、い」

「こんなふうに触られたことも？」

下卑た質問に答えさせられるのにプライドは傷ついたが、それでも経験がないと伝えればやめてくれるかもしれないと淡い期待を抱く。首を何度も縦に振ってみせた。その答えは結局、零飛を喜ばせただけだったけれども。

「それなら、今日が初めてということですか。それは非常に面白い」

零飛のしっとりした掌と指がかたち作る筒が、卑猥な螺旋《らせん》を描いて根元から亀頭までをさすっていく。強弱をつけて茎を締めつけられ、引き伸ばされる。ときおり先端の窪みを指先で磨かれる。

早朝から夜遅くまで武術に打ち込み、ストイックな、性欲のはいる余地すらない生活を送ってきた蒼は自身で慰めることも滅多になかった。そんな刺激に慣れていない肉体が、巧みな愛撫に無反応でいられるはずがない。

先端を親指と人差し指で摘ままれて揉み込まれると、そこから先走りがとろりと漏れる。

蒼は下唇を垂れるように開き、目をきつく閉じた。

「お願、……俺は嫌だ。やめて、くれ！」

鏡に熱を孕《はら》んだ息を吹きかけながら嘆願する。

耐えがたい感覚に、背がくうっと弓なりに反る。

まがりなりにも武術で心身を鍛えてきた自分が、いくら負傷しているとはいえ、こんな簡単に身体を好きにされていいわけがない。そう思うのに、どこにもまともに力がはいらない。

「いく、ら、今朝のことで腹が——たった、からって……」

これはきっと、制裁なのだ。屈服させることで腹癒《はらい》せをしているのだ。

けれども、零飛はあっさりとそれを否定した。

「私は罰するときに、こんな愉《たの》しませてあげるような手段は取りませんよ」

「俺は……愉しんでなんか、ない」

「そうですか？　愉しんでいるようにしか、見えませんが」

「……嘘だっ」

「嘘かどうか、自分の目で確かめなさい。ほら、鏡に映っていますよ」

見たくないのに、蒼は眉根をきつく寄せたまま、鏡に映る自分を見てしまう。

濡れた前髪が額に張りついている、紅潮した顔。色づいて腫《は》れた唇を緩く開いて、喘《あえ》いでいる。黒目がちな眸は、いまにも涙を零《こぼ》しそうなほど潤んでいた。

胸の粒は色を深くしてぷつりと隆起している。割れた腹筋が忙しなく浮かんでは、薄らぐ。

男の手のなかで膨張して反り返っているものが、透明な蜜を垂らす。零飛の手がずるずると上下に動くと、新たな先走りがツーッと糸を引いて垂れた。腰がせつなげに左右に揺らめく。

こんないやらしい自分の顔も身体も、蒼はいままで見たことがなかった。

「う、ん……ふ、ぅ、あ……」

自分の痴態を見てしまったことで、どうしようもなく煽《あお》られるものがあった。鏡を見つめたまま、声を出してしまう。

長くて美しい指が喉元を撫で上げて、顎にかかった。首を苦しいほど捻じ曲げられる。

半開きの唇を零飛に奪われた。

熱く腫れた唇の表面が冷たい相手の唇としっとりとくっつき合う。不思議な感触だ……蒼にとって、これは初めてのキスだった。

頭のなかがふわっと白い靄《もや》に包まれる。白い靄が、唇を吸い上げられるたびに凝縮していって、ついに激しく砕け散った。

身体がビクンッビクン…ッと震える。

唇が外れて、蒼の首はガクッと前に落ちた。

自身の性器から黒いボウルの底へと重ったるく垂れていく、やたらに白くて大量の粘液を見る。零飛の指にもそれは欲深く絡みついていた。

溜めていたものを吐き出して満足している双玉を撫でられる。

「……っ、う」

性的満足感とは裏腹な、ひどく惨めな虚脱感が蒼の胸を支配していた。

同性に嬲《なぶ》られたこともさることながら、いとも簡単に快楽の前に屈した自分自身に打ちのめされていた。性欲などコントロールできるものだとずっと思ってきたのに……。

「そんなつらそうな表情をされたら、もっと愉しいことをしてあげたくなってしまいますよ」

興奮を孕んだ甘い低音の声が、耳元で囁《ささや》く。

「蒼。命を懸けてまで果たしたい願いが必ず叶うのなら、こんなことなど容易《たやす》いでしょう?」

2

「これなら、私の秘書ということで、十分通ります」

蒼が普段は決して足を踏み入れることのない淮海《ワイハイ》中路《チョンルー》にある高級ブランド店。その奥にあるVIP対応ルームのソファにゆったりと腰掛けた零飛が満足げに微笑む。

「今日は急ぎなので既製品ですませますが、今度オーダーメイドのものをまとめてプレゼントしましょう」

おそらく零飛は女にでも男にでも、こんなふうに自分の選んだ服を「プレゼント」して、身につけたところを鑑賞するのが趣味なのだろう。

けれども蒼のほうは、秘書として零飛と昼夜をともにしたほうが黒爪幇に属する妹の仇を捜し出して復讐するチャンスを得やすい、という零飛の言葉に従ったまでで、贅沢を愉しむ趣味も心の余裕もない。

零飛がテーブルに置かれたビロード張りの台のうえから、時計と眼鏡を手に取って立ち上がる。カルティエのパシャというシリーズのものだという時計——を手首に嵌《は》められる。それから縁なしの眼鏡のツルを耳のうえに通された。

「この国のホワイトカラーの人間はやたらとこんな眼鏡を掛けたがりますが、悪くない。実際、それなりに見えますからね」

言いながら、零飛が大きな鏡の前に蒼を連れていく。

「……」

見知らぬ青年が、そこに立っていた。

ここに来る前に寄ったヘアーサロンで、髪は斜めに分けた品のいいかたちに整えられた。タイトぎみなラインのダークグレイのスーツに真っ白いワイシャツ、襟元には青地のネクタイが結び目も鮮やかに締められている。

瀟洒《しょうしゃ》なファニチャーに彩られ、煌《きら》びやかな時計や装飾品が値札もつけずにケースに陳列されているVIPルーム。そこに立っていても違和感のない青年が鏡のなかにいた。

「姿勢が美しいから、スーツもよく引き立つ」

零飛にスーツの背を掌で大きく撫で上げられる。そのまま、肩を抱かれた。

蒼は室内にいる男性店員の目が気になって仕方なかったが、零飛はまったく気に留めるふうもない。放っておいたら平然とキスのひとつもしてきそうだったので、蒼は彼の腕から身を引いた。

零飛が肩を竦《すく》める。

「プレゼントをしたのに、ご褒美はなしですか」

からかってくる口振りに、蒼は苦い表情を返す。

正直、こういう富裕階級特有の浮ついたブランド志向や欧米人気取りのスキンシップは、蒼にはまったく身に馴染まない、むしろ反発心を刺激されるものだった。

零飛に憮然とした口調で告げる。

「二時から美術館の落成式なんだろ？　もう出たほうがいいんじゃないのか」


一晩たったいまも、零飛との取り引きをよしと割り切れない気持ちが、蒼にはあった。

どんな手段を使ってでも妹の復讐を遂げたいのは、確かだ。

けれども、同性に身体を嬲られるのは、正直、とてもつらい。

それに嫌悪している黒社会への復讐に、黒社会の手を借りることに矛盾を感じる。

自分がいままで築いてきた価値観や倫理観の範疇から、どちらもあまりに大きく外れている。

――でも、朱月の仇を殺すって決めた段階で、なにもかも踏み外してるか……。

そんなことを考えながら、蒼は美術館に向かう車の後部座席、零飛の横に座って硬い表情でスモークの張られたウインドウを流れる景色を眺めていた。

ふいにシートに投げ出していた手の甲にこそばゆさが生まれて、大きく瞬きをする。視線を落とすと、零飛の指が指に絡みついていた。

拒絶の意思を込めたきつい眼差しを投げれば、零飛が目を細める。どうやら蒼が拒絶を示すことに愉悦を覚えるらしい。いやらしい男だ。ここで手を引いたら、一層喜ばせるだけのような気がして、蒼は醒《さ》めた表情をウインドウに戻した。

人差し指と中指のあいだの付け根に、指がはいってくる。触れるか触れないかのタッチで、そこを擦られる。か細い電流が、手から首筋へと走り抜ける。

零飛のほんの指先だけのわずかな動きで自分のなかに変化が起こるのには、怖さが湧き起こった。意識を散らそうと努める。

そっとした動き、爪で中指の側面を何度も辿られた。くすぐったい。くすぐったさが積もるほどに、違うものへとかたちを変えていく。むず痒《がゆ》い熱が身体の芯に溜まっていく。

いまや蒼の掌は発汗にしっとりと潤んでいた。

シートと掌のあいだに指がはいってくる。指先が緩急をつけながら掌を這いまわる。わずかな動きに、昨夜の愛撫の記憶を引きずり出される。

いくら性的なことに免疫がないからといって、あまりにも簡単な自分の身体に口惜しくなる。ただ手を弄ばれているだけなのに、耳鳴りがするほど頭が熱くなっていた。頭だけではない。零飛に買い与えられた服に包まれた身体も気持ち悪く火照《ほて》っている。

頑なに窓の外を見つづけながら、蒼はぎこちなく手を拳にして防御した。

「落成式のパーティに、黒爪幇の人間も来るのか？」

「さあ、どうでしょう」

「意味もなく連れ歩かれても困る」

「それなら困っていてください」

ゆったりした口調で言いながら、零飛が拳を握ったままの蒼の手を持ち上げた。

「私は気に入ったものは常に横に置いておきたいタイプなんです……飽きるまでは」

手の甲に薄い唇の感触が起こり、蒼は思わず振り向いた。

恭々しく蒼の拳に唇を寄せたまま、零飛は笑みを浮かべている。

「どうか、私を飽きさせないでください。君の目的を達成するためにも」

こういう男は飽きたとたんに掌返しをして、さぞや冷たい態度を取るのだろう。

車が停まる。蒼の手を解放し、運転手が開けたドアから零飛が先に出ていく。ひとつ呼吸してから、蒼も降車した。

中国の新進気鋭の芸術家たちの作品展示を目的とした美術館は、ここのところ造られている上海のほかの建物と同様、前衛的な外観——無機質な銀色の直方体の正面に、巨大な球体が埋め込まれている——をしていた。パーティ参加者の半数ほどは外国人だった。外交官とその家族や、外資系企業の社員らしい。

ひと通りのセレモニーが終わってから正面広場で立食形式の屋外パーティになったが、蒼はこんな場所でどう振る舞えばいいかを知らない。手持ち無沙汰にシャンパングラスを口に運びながら、零飛の姿を見るともなく眺《なが》めていた。

なめらかな英語で白人たちと談笑する零飛は上海が誇るビジネスエリートといった風情で、

ほんの一時間前のブランド店や車中でのふざけた彼とはまるで別人だ。

飛天対外貿易有限公司の総経理というポジションにあるのもさることながら、零飛の硬質な美しさが会場の人々の目を引いているのは明らかだった。漆黒の髪を肩口まで伸ばしているのがまた、東洋的な神秘性を加味している。

スモッグで曇った乳白色の空に浮かぶ秋の太陽が、青々と茂る芝生を照らす。心地よい風が吹いて、噴水の飛沫《しぶき》を乱した。

「あなた、耿零飛の新しい秘書?」

ふいに隣からハスキーな声が起こった。

視線をそちらに向けると、黒いパンツスーツを着た二十代後半といった感じの女性が立っていた。男みたいに短くした髪が印象的だ。

こういうとき、「秘書」というものは、どういう言葉遣いで、どういう対応をするのか。わからないので、とりあえず軽く会釈を返しておく。

「あたしは白深花《バイシェンホア》。小説家をしてるの。よろしく」

自己紹介に、蒼は目をしばたいた。

白深花といえば、いま中国で最も売れている作家のうちのひとりだ。本屋に行けば、ずらりと並んだ彼女の著書を見ることができる。……ただし、フィクションと銘打っていながらも念入りに取材して限りなく実話に近い話を書くため、各界著名人にとっては恐ろしい存在に違いなかった。

「この美術館はコンセプトはともかく、建物自体はあまり独創性に富んでいるとは言えないわね。でも耿零飛が出席するなんて、来た甲斐があったわ」

彼女は作風に違わずエキセントリックな雰囲気で、喋《しゃべ》り方も少し乱暴なぐらいはっきりしていた。

「ねぇ、秘書さん。あなたのところの総経理は上海の夢そのものだと思わない？」

突然、抽象的な表現をされて、蒼は意味を摑めずに小首を傾げた。

「上海の、夢？」

「そう。誰もが夢見る存在。美しくて、賢くて、地位がある。強烈な光と闇を兼ね備えてる。あんな男、世界中を捜したってそうそういないわ。あたしの夢はいつか彼をモデルにした小説を書くことなの。バックがバックだから簡単にはいかないだろうけど、諦めないわ。ねぇ、近くで接する耿零飛って、どんな男？」

訊かれても、昨日知り合ったばかりだ。

「さあ、なんとも」と流すと、「それは摑みどころがないってことかしら？」と深花が返してくる。そういうつもりで言ったわけではなかったが、いまのところの蒼の零飛に対する感想を言い当てていた。

――車を乗っ取った正体不明の人間をわざわざ連れ帰って怪我の手当てまでして、復讐を叶えてやるなんて提案してきて。甘ったるく触って気障《きざ》な言葉を吐くかと思えば、いまは財界のエリートとして堂々としてる……なんか、本当に掴みどころがないよな。

難しい顔をして零飛を見つめていると、悪戯っぽい口調で深花が話しかけてきた。

「あなた、知ってる？　耿零飛はいつも秘書を顔で選ぶ、っていう話」

「……」

「男でも女でも、彼の秘書はいつも素敵だわ。もちろん、あなたもね」

「ありがとうございます」

「どういたしまして」笑いながら言って、

「きっとまたこんな席で会うと思うわ。覚えていてね」

ひらと手を振ると、白深花は去っていった。

それから三十分ほどしてから、零飛が蒼のところにやって来た。顔を覗き込んできて、苦笑する。

「どれだけ飲んだんですか？　秘書がそんな赤い顔をしていたら、みっともない」

指摘されて、蒼は自分の頬に触れた。熱い。

こんなパーティは遠回りだ。一刻も早く妹の仇を見つけて討ちたいのにという、居ても立ってもいられない気持ちを抑え込むために、ついシャンパンを飲みすぎたらしい。

「仕方のない人ですね。いらっしゃい」

軽く背に手を当てられ、蒼は美術館の正面玄関からなかへと連れていかれた。天井の高い空間は外のうららかな秋晴れから隔絶されて、ひんやりとしている。一階にはいくつかの作品が展示されているため、それを眺め歩く来賓の姿がちらほら見受けられた。

「どこに行くんだ？」

閉鎖中のロープを軽く跨《また》いで、階段を上りはじめる零飛を追いながら尋ねる。

「二階のトイレです。少し水で顔を冷やしたほうがいい」

なるほど、開放されている一階のトイレで飛天対外貿易有限公司の秘書という設定の自分が酔いの火照りを醒ましていたら、あまりにも人目につく。それで、わざわざ封鎖されている二階のトイレに行くというわけだ。

「気を使わせて、悪い……」

酔っているせいか、妙に情けない気持ちになっていた。

まだ展示品も飾られていない二階部分に人影は皆無だった。奥まったエリアにある男性用トイレにはいる。

「すぐに醒ますから、外で待っててくれ」

蒼はセンサーで水が出る仕組みの手洗い台に両手を伸ばしたが、顔を洗うのには眼鏡を外さなければならないと気づく。眼鏡のツルに手をかけたときだった。

「私が醒まさせてあげましょう」

零飛は水に手を晒《さら》すと、こちらに身体を向けてきた。

「……ぁっ」

頬が冷たく濡れる感触に、蒼は反射的に目を閉じる。

水に濡れた掌が指が、顔を撫でまわしてくる感触。雫《しずく》が顎を伝って、喉元に垂れていく。次に目を開けたとき、眼鏡のレンズは水で濡れてしまっていて、世界が歪んで見えた。

顔の輪郭を撫でられる。顎を掬《すく》われる。耳まで濡れた指で触られる。

「ちょ、っと、スーツが濡れる」

実際、すでにシャツの襟元は湿ってしまっていた。

唇に、触られる。水を含んだ指がアルコールで熱くなっている下唇をぷるんとまくる。

「……蒼」

顔を撫でまわしながら、零飛が呼びかけてくる。

水の冷たさが、指の優しさが、ひどく心地好《い》い。

いつしか蒼の呼吸は乱れていた。水の伝うレンズ越しに、零飛を見る。ついさっきまで清潔なビジネスマン然としていたくせに、いまはもう、まるで愛人に向けるような甘い男の表情を浮かべている。

——あなたのところの総経理は上海の夢そのものだと思わない？

深花の言葉が耳に甦る。

——摑みどころがなくても、夢なら、仕方ないよな……。

脈絡があるようなないようなことを考える。

親指が、口のなかにはいってきた。歯列を割られる。

「……っ、ん」

親指の横から、舌がはいってくる。舌に舌が触れて、指が抜かれた。口を埋め尽くすように深く舌を含まされるのに、蒼は身体を震わせた。

舌をぬるぬると翻弄されて窒息しそうになる。こういうキスを愉しむだけの余裕が、蒼にはなかった。背中から首筋を絶え間なく走り抜けていく、寒気にも似たゾクゾクする痺れにひたすら耐える。

……それは、すべてを忘れてしまいそうになるキスだった。

自分がいつどうして零飛と出会い、なぜこんなことをしているのか、それすら白く消されていく。不幸な出来事も、怒りも、悲しみも、すべてが塗り潰されていく。

開いている窓から、人々のさんざめきが聞こえてくる。

長いキスはいつの間にか終わっていた。

いま蒼は洗面台に腰掛け、首筋を舐められている。曖昧な視線を宙に漂わせながら呟《つぶや》く。

「あんたは上海の夢だって、さっき言ってた人がいた……みんなが、あんたを夢見るって」

首筋から耳の下へと舌を這わせてから、零飛が覗き込んできた。その乱れて幾筋か顔にかかる髪、潤んで光っている目と唇に——認めたくないけれども、そそられる。

零飛が微笑した。そして、言う。

「そうですね。きっと、そうなのでしょう」


キスで血の巡りがよくなってしまい、酔いは醒めるどころか、ますます増したようだった。

そのせいで、右肩の傷もズキズキと痛んだ。

いっときでも朱月のことを忘れかけた事実に、胸が重苦しくなる。

結局パーティ会場に戻ることなく、蒼は零飛に連れられて車に乗った。

「これから会社のほうに顔を出しますから、とにかくこれでアルコールを消しなさい」

寄ったカフェで、グラス二杯の水と、そのあとにエスプレッソを飲まされた。零飛が店員に直接豆の指示をして出されたそのエスプレッソは、味がどうとかではなく、舌と神経に対する暴力といえる濃厚さだった。

「会社に行くって言ってたけど、日曜に仕事をするのか？」

三十分ほどで酔いを放逐した蒼は、カフェを出ながら尋ねた。

「いえ、兄と会う約束をしているんです」

「兄って？」

「耿　天《ティエン》。飛天テクノロジー開発有限公司の総経理にして、次の千翼幇トップになる男です」

企業名のほうは有名だから知っていたが、蒼は天の名前は記憶になかった。零飛のようにマスメディアに取り上げられるタイプの経営者ではないのか、あるいは取り上げられていても印象に残らない人物なのか……。

「身内となら会社でじゃなくて、食事でも一緒にとりながら話せばいいのに。少し早いけど夕食時だし」

思ったことを口にすると、零飛は車に乗り込みながら口元を歪めた。

「兄は私にとって、ホームグラウンドで会ったほうがいい相手なんです。延長なしで話をつけたいし、まずい食事もとりたくはありません」

どうやら、零飛は兄を好ましく思っていないらしかった。

キャデラックの後部座席、白い革張りのシートに座った蒼の肩を抱きながら零飛が囁いてくる。

「あとで飛び切りいいものを食べさせてくれる店に行って、今晩はゆっくり楽しみましょう」

飛天対外貿易有限公司は浦東の、青く輝くマジックミラー張りの超高層ビルにオフィスを構えていた。自社ビルで、下のほうのフロアには数社の別会社が賃貸ではいっているという。

建てられてからまだ数年しかたっていないビルの内装はモノトーンを基調にしたやや前衛的

な造りで、とても清潔だった。至るところに観葉植物が置かれている。額縁にはいった達筆な書が壁に飾られてさえいなければ、欧米企業のオフィスに来たとでも勘違いしそうだった。

休日にもかかわらず、出社している人間は結構いた。男も女も上質なスーツを着こなして靴音を高らかに響かせているさまに、蒼は居心地の悪さを覚える。ここにいる人間たちは大学出のなかでも選りすぐりのエリートばかりに違いない。

上層階まで直行するエレベーターに乗る。最上階の六十階までノンストップで上がっていくのに、耳が気圧の変化でキンと痛んだ。

エレベーターを降りると、マホガニーのカウンターの向こうで受付の女性が立ち上がった。頭を丁寧に下げながら告げる。

「天様は、十分ほど前にお見えになりました。なかでお待ちです」

零飛に従って総経理室にはいった蒼は、広がった光景に思わず声をあげそうになった。まるで絵に書いたような天井の高い広々とした室内、重厚な仕立てのデスクやソファセットがゆったりと配置されている。その様子も優雅だったが、なにより圧巻だったのは、床から天井まで壁一面に広がる窓からの景色だった。夕暮れの朱色が空を、高層ビル群を、スモッグの霞《かすみ》越しにぼやりと見える雑々とした町並みを染め上げている。

三十階にある零飛のマンションの部屋も素晴らしい眺望だが、ここはまた別格だった。地上に属するものは、ほとんどが足元に平伏している。

乱暴な声に我に返った蒼は、改めて室内を見まわし、黒い革張りのソファにふんぞり返って座っている男の存在に気がつく。

「遅いぞ！　零飛」

「すみません、兄上」

零飛は微笑しながら謝ると、耿天に蒼を第二秘書として紹介した。天はじろりと蒼を頭から爪先まで見て、いかにも興味なさげな様子でフンと顔をそむけた。

零飛は天の向かいのソファに腰を下ろし、蒼にも自分の横に座るように指示した。

——ずいぶんと似てない兄弟だな。

こっそり天を観察しながら、蒼は思う。

天は二十代後半、顔立ちはエラの張った輪郭に幅の広い鼻が特徴的だ。中背で、体格はがっしりとしている。

正直なところ、蒼の天に対する印象は、器の小さそうな男、というものだった。

器が小さい人間ほど、それを補おうと態度が尊大になるものだ。彼の服装はスーツからシャツ、ネクタイまで黒ベースの濃淡でまとめられていて、洒落ていると言えなくもないが、天が着ているとむしろいかにも黒社会の人間であることをアピールしているように見える。露悪的であることに自己陶酔を感じるタイプなのだろう。

有り体に言って、天は蒼の嫌いな種類の人間だった。

「零飛。おととい新天地《しんてんち》の、うちに保護料を払ってる店で黒爪帮の奴らがひと悶着起こしてくれたって話、聞いてるな」

「質の悪いドラッグを廉価で大量に流した件ですね」

「ああ、それだ。あの店の客は外国人や大企業勤めのエリートが中心なんだぞ。そんなとこでばら撒《ま》きやがって、何人が店で倒れて病院に運び込まれたと思う？　十三人だぞ、十三人！」

怒りに任せて、天がバンッと黒大理石のテーブルを平手で叩く。

新天地といえば、旧フランス租界《そかい》時代の古い石造りの建物をベースにした町並みが特徴的な、洒落たカフェやショップ、バーなどが並ぶ大人向けのエリアだ。治安のよさにも定評がある。そんな場所で十三人もがドラッグで倒れたとあっては、確かに大事だろう。

「保護料をこちらに納めていただいているのにそんなトラブルが起こっては、千翼帮の信用問題に関わりますね」

「当たり前だっ！　零飛、新天地を仕切っている陳《チェン》をしっかり締めておけ。役立たずは、うちにはいらねえからな」

唾を飛ばして怒鳴る天に、零飛が綺麗に口角を上げて微笑む。

「役立たずは必要ない。まったく同感です」

それは天へと向けられた言葉のように、蒼には受け取れた。ひやりとしながら天を窺《うかが》うと、しかし当の本人にはまったくそのニュアンスは伝わっていないらしい。勢いよく喋りつづける。

「黒爪幇の奴ら、噂によるとうちが手を組んでるジャパニーズマフィアを抱き込もうとしてるって話じゃねえか。ったく、あいつらはいつもそうだ。こっちが苦労して作り上げてきたものを、横から掻っ攫《さら》おうって算段ばかりしやがる」

匂いのきつい葉巻を嚙むように吸いながら、天は大きな身振りで零飛を指差した。

「それもこれも、おまえがチャラチャラしてるから、こんなふうに甘く見られるんだぞ！　気を引き締めろっ」

明らかに八つ当たりなのに、零飛が「申し訳ありません」と口にする。

蒼は思わず隣を見た。零飛の横顔は静かなものだ。

「ふん。謝るだけなら三歳のガキでもできる。いいか、零飛。俺が黄帝《こうてい》なら、おまえは応龍《おうりゅう》だ。忘れるな。おまえは地に這《は》い蹲《つくば》って、俺の命令に従うんだ」

黄帝とは、生まれながらに神霊を宿していたという、中国の伝説上もっとも偉大な天帝だ。天はそれに自分をなぞらえているらしい。さすがに失笑しそうになって、蒼は唇を嚙んで堪えた。

——うえがこれだと、零飛も苦労するな。

黒社会は上下の関係が厳しいと聞いている。ましてや相手は血の繋がった兄であり、次の千翼幇トップとなる男だ。いくら不愉快な相手でも、ないがしろにするわけにはいかないだろう。

蒼が記憶している神話によると、応龍は黄帝に召喚されて闘い、神通力を使い果たしたため天に帰れなくなった水雨を操る神獣だ。

なんとなく、その翼のある龍のイメージは零飛に合っていた。

——でも、天みたいな男にこき使われて飛翔できなくなるのは、俺だったら耐えられないな。

一時間半ほども、天のヒステリックになりがちな演説は続いた。

ようやっと彼が部屋を出ていってくれたとき、蒼はぐったりしてしまっていた。けれど、零飛はこんなことには免疫ができているらしい。微笑しながら、「さあ、口直しに行きましょう」と蒼を促した。


葉の落ちたプラタナスの並木に、旧い洋館の静かな佇まい。衡山路《ホンシャンルー》にあるフレンチのレストランバーでちょうど季節を迎えている上海蟹をテーマにしたコースを食し、白ワインのボトルを二本開けた。零飛のマンションに戻ったのは十一時近くだった。

蒼はひとり、寝室の窓辺に佇んでいた。

大きなガラス窓に掌を這わせれば、ライトアップに輝く、ふたつの球を串刺しにしたかたちの東方明珠塔を摑むことができる。

浦東の摩天楼群に威圧される。無限の権力と欲望を表すモニュメントを眺めていると、義蒼という存在の輪郭が消え、上海の躍動するエネルギーと一体化していくような錯覚に陥る。身体の内側でなにかが跳ねる。

ゾクゾクする落ち着かない衝動を心の奥底から引きずり出される感覚に、蒼はこの街を魔都と呼ぶ人たちの気持ちが初めて理解できていた。上海の持つ底知れない力に、魅了され、巻き込まれていく感覚。

これまで、魔都を魔都と知らずに暮らしてきた。

――毎日の生活以外のものに目を向ける必要なんて、なかったからだ。

守らなければならない妹という家族がいて、自分を幼いころから知ってくれている近所の人がいて、才能を認めてくれる武術の老師がいて、同門の仲間がいて、……そのなかで暮らすことで充足していた。だからそこに過剰な影や欲望がはいり込む余地はなかったのだ。

――でも、いまの俺の心には、大きな穴が空いてる。朱月を失ったから。

正視できないほど、無残に穿《うが》たれた心の穴。

それを埋めたくて仕方ない。

埋めてくれるのなら、魔だろうが、闇だろうが、構わない。

火に近づきすぎて燃える虫を、愚かな存在と笑えない自分がいた。

以前なら決して、こんなふうに黒社会に近づいたりはしなかっただろう。そして、決してこんなふうに窓の外をぼんやりと眺めてなどいなかっただろう。また不埒《ふらち》なことを仕掛けてくるに違いない零飛がバスルームから出てくる前に、この部屋を飛び出していたはずだ。

けれど、いまの自分はこの場を動くことができない。

耿零飛は、願いを叶えてくれる夢の男だ。

自分のなかの復讐という名のどろどろとした闇が、この夜景とあの男を、あまりにも妖《あや》しく蠱惑《こわく》的に見せる。自分はきっと、耿零飛の助けを借りて復讐を遂げ、魔都はその罪を呑み込んでくれるだろう。

その先のことは、わからない。

建設途中で先の切れている高架道路を車で疾走していく自分の姿が、脳裏を過ぎった。道から放り出されて果てしない闇に墜ちていく車――背後で、ドアの開く音がした。

振り返らなくても、ガラスに映る男の姿が視界にはいる。室内灯が暗く落としてあるから、バスタオルを腰に巻いただけの肉体は夜景に溶けて見えた。溶けながら、男が近づいてくる。

ガラスについている左手の甲に、零飛の掌が重なってくる。

しっとりと潤んだ肌から、昏い花の匂いが立ち上る。

ガウン越し、背中に押しつけられる同性の身体。

長い右腕が胴に巻きついてくる。

ただそうやって抱き込まれているだけなのに、身体中が痺れたようになった。全身を覆う圧迫感に細い溜め息が漏れる。

「アンバランスな美しい街だと思いませんか？」

夜景と、それに重なる零飛の顔、そのどちらも奇異なほど美しい。

「この街は二十四時間、刻一刻と発展を遂げています。二十一世紀に向けて、二十一世紀を支配するために」

軽く酔っているのか、零飛の喋りには陶酔感があって、まるで愛しい女の……あるいは美しい母の話でもするかのような口ぶりだった。

「上海が、そんな注目される都市になるんだ？」

「ええ、なります」

甘い声が耳元で囁く。

「私が護り、育てるのですから」

ほかの人間が口にしたら失笑してしまいそうな台詞だったが、零飛が口にするとあながちでまかせでもないように思えてしまう。だから、ちょっと肩を竦めながら蒼は言った。

「あんたがそう言うんなら、きっと、そうなんだろうな」

零飛が楽しげに耳元で笑った。

そして笑いを含んだままの声音でねだってきた。

「私に奉仕してくれますね？　その口で」

「……口？」

またキスをするのだろうか。美術館でのそれを思い出して、頭のなかが白く掠れる。

答えずにいると、零飛は蒼と身体を入れ違えて、窓のところに作られた段差に腰を預けた。

肩を掴まれる。零飛の足元のカーペットへと跪《ひざまず》かされた。

「なに…」

すぐ目の前で、腰のバスタオルが外される。

「私を飽きさせないように努めてください」

口の奉仕がなにを意味するのか、蒼は理解する。しかしその下卑た要求に対する驚愕以上に心を鷲掴みにしたのは、視界に広がった碧《みどり》色の鱗《うろこ》だった。

「——な、んだよ、これ」

零飛が長い指を右脚に滑らせる。蝙蝠《こうもり》を思わせる翼を撫でる。

「応龍、ですよ」

それは翼のある龍の刺青だった。

零飛の右足首から腰にかけて、一匹の龍が巻きつくかたちで雲を纏い天へと昇っている。

刺青を入れている者は珍しくないが、こんな大掛かりなものを見るのは初めてだった。しかも彫り師はさぞ腕の立つ職人だったのに違いない。龍はあたかも生きているかのような迫力で零飛の潤んだ肌を飛翔している。

蒼は身体の奥から強烈な昂揚感が湧き上がってくるのを感じていた。胸が詰まる。

「天も言っていたでしょう？　私が応龍だと」

おそるおそる、零飛の右脚に掌で触れてみる。肌のぬくもりが、龍の体温のようにすら感じられる。手の下で鱗に包まれた身体が息づく……。

頭がぼうっとしていた。軽く眩暈がする。

蒼の手はいつしか零飛の下腹へと連れていかれていた。叢《くさむら》のなか、茎の根元に指先がぶつかる。手を引こうとすると、今度は後頭部を手で包まれた。引き寄せられる。

常態でも体積の大きい男の器官が、目の前に迫る。色素が薄くて、同性のそれなのに奇妙ななまめかしさがある。垂れている茎に、唇がぶつかった。

「んん」

「目的を達成するための、手段です」

「……」

「先のところを舐めなさい」

割り切らなければならないのだ。自分ひとりでは叶えられないかもしれない復讐を確実に叶えるために。半端な保身は、切り捨てなければならない。

拒否感に震える舌を出す。ペニスの先端に舌先をかすかにくっつける。ボディソープの苦みのある味がした。

「舌をいっぱい動かしなさい」

言われたとおりにした。苦さを舐め取っていく。

次第に性茎が膨らみ、頭を宙にもたげだす。

もうやめたいのに、口を開かされた。肉の茎がぐにゅうっと唇を割り、口腔に侵入してくる。しかし、碧色の龍身が常に視界の一部を幻想的に照らして神経を麻痺させているせいなのか、嫌悪感と惨めさはさして起こらなかった。むしろ、猥褻な興奮すら生じはじめていた。

唾液に潤んだ熱っぽい舌を動かすと、茎が口のなかでくねった。左手で縋《すが》るように龍を撫でながら、蒼は指導されるまま「奉仕」を続けた。大きな飴玉を舐める要領で、亀頭を転がす。張りはじめた裏のラインを舌で包み込んで、頭を前後に動かす。

男の膨張が増すたびに、唇の輪をぐうっと広げられる。

蒼はふと眉を歪めた。右手を自身の乱れたガウンの前の合わせから、ぎこちなく忍び込ませた。内腿が熱くなっている。軽く爪をたてながら撫で上げ、下腹にじかに触れる。

——……。

違和感を覚えたそこは、硬くなって、濡れていた。直接の刺激を受けていないのに、口淫するだけで反応を来《きた》したことに、蒼はショックを受ける。

「自分でしているのですか？　ずいぶんと乗り気ですね」

零飛が心地よさげな声で、からかうように言う。

違うと、蒼は泣きそうに濡れた眼を上げた。

ほの暗いなか、こちらを見下ろす美貌には、傲慢さと、素直な悦楽の色が浮かんでいる。零飛が両手を伸ばしてきた。左右の耳を覆うようにして、頭を摑まれる。

「ん！　……んぐっ」

次の瞬間、吐き気が起こるほど喉の奥深くを亀頭で突かれた。驚きに、蒼は思わずぐっと自身のペニスを握り締める。

蒼の頭を押さえつけたまま、零飛は腰を使いだした。なんの気遣いもない激しい動き。上顎が喉が舌が、抉《えぐ》られるように突かれる。耳を塞《ふさ》がれているせいで、ぐちゅ…ぐちゅ、といういやらしい音が脳に響く。

苦しくてたまらない。

苦しいのに、蒼の右手はいつしか、零飛の動きに合わせて自身の性器を不器用に擦っていた。頬が燃えるように熱くて、心臓がドクドクと脈打っている。唇と掌がぬるぬるになっていく。

——ダメだ……イき、そ……。

そう思った瞬間、ずるりと口から性器が抜かれた。

快楽に澱《よど》んだ目を、漆黒の眸に覗き込まれる。

「オナニーショーを見せてくれるんですか？」

品のない言葉の響きに、蒼はまだ動いていた手を止めた。慌ててペニスを放す。自分の顔が血の色のままに染まるのがわかった。零飛は笑って、軽く蒼の頬を叩いた。

「もっと桁外れに気持ちいいことを、いまから教えてあげます」

そう言うと、零飛は窓辺を離れてレトロな明代調の戸棚を開いた。小さな瓶を取り出して、戻ってくる。まったく隠しもしない裸体、歩くたびに角度を持ったペニスが揺れる。唾液でぐっしょり濡れそぼっている、それ。

零飛は戻ってくると、蒼の二の腕を摑んで立ち上がらせた。ガウンの紐が床に落とされる。続いて、ばさりとガウンが蒼の足元に広がった。

勃起を剝き出しにされ、身体中に視線を這わされていく。眺められる場所の筋肉や筋が、まるで触られたかのように緊張してピクンと引き攣《つ》る。性器を直視されると、先端から新たな先走りが溢れた。

青いガラスの瓶の蓋が開けられる。零飛は瓶の口に右手の中指を入れると、なかでくるくると回した。そうして、油分の多そうな粘液をしたたらせた指を蒼の脚のあいだに前から差し込む。

「なん……ぁっ」

双玉より奥の溝に冷たいぬめりを感じて、蒼は身体をビクつかせた。きつく脚を閉じる。

「大丈夫ですよ。この液体を粘膜で吸収すれば、すぐにとても気持ちよくなる」

「ん、そんなとこ、なんで——やめろッ」

きつく閉じた脚のあいだで、指が蠢《うごめ》く。窄《すぼ》まりに触られた瞬間、蒼の身体は露骨に跳ねた。

「ここで、セックスするんですよ」

「……ックスって、嫌だ！」

零飛は男女でするような行為を、男同士でするつもりなのだ。

それに気づいて、蒼は背筋がゾッと寒くなった。ぐりぐりと下から抉られている後孔に必死に力を籠める。

「そんなに力を入れられたら、はいりません」

「入れなくて、いいっ。入れるなッ」

睨みながら大声を出すと、零飛が左手で顎を掴んできた。眸を覗き込まれる。

「セックスはいいですよ。溺れることさえできれば、そのときだけはすべてを忘れられる」

「……」

——忘れられる？

昼にしたキスのことが思い出された。

——すべてを忘れられる……この、心に大きく空いた穴を忘れられる。たとえ数十分のあいだだけでも。

その後、罪悪感に襲われたとしても。

誘惑に堕ちた。

蒼の下肢から力が抜ける。指が、孔の入り口の細かな襞《ひだ》をやわやわと乱しながら、侵入してくる。液体の効果なのか、痺れたような感覚となんともいえない気持ち悪さがあるだけで、特に痛みはなかった。

首筋を舐められながら、指が根元まで挿入されていく。零飛の誘導に従って、窓の段差に後ろ手で摑まり、腰を前に突き出す姿勢をとる。ずるずると体内を異物が動く。指がもう一本追加されたときだった。

「あ、…や…だ、熱い」

それまで痺れとしか感じられなかったものが、一気に熱さに転じたのだ。

内臓が勝手にぎゅうっと収縮して、二本の指を潰さんばかりに締めつけてしまう。それでも強い指は無理やり抽送運動を繰り返して、内壁を擦り上げてきた。内臓を引きずり出され、また押し込まれるような感覚が続いていく。

「やっ、ぅ、んっ、あぁっ」

顔が耳が首筋が下腹が熱くて仕方ない。

腕にも膝にも力がはいらなくて、ほとんど脚のあいだの手だけに体重を支えられる。零飛の手の動きのまま、身体が上下左右に揺れていく。伸ばされ犯されている粘膜の口が、ヒクン、ヒクンと不安定な痙攣を起こす。

いまにも達してしまいそうなのに、決定的な刺激が足りなくて、射精できない。肩で激しく息をしながら、啜り泣くような弱々しい声を漏らしてしまう。

「いいんですよ、泣いても」

左目の下に——小さなホクロに、零飛がキスしてくる。蒼は首を横に振った。

「仕方ありませんね。それでは、力技で泣かせてあげましょう」

愉しむ声で、零飛は言った。

「っく！」

指が一気に抜かれた。零飛に背を向け、尻を突き出すかたちで窓に手をつかさせられる。背骨に唇がきつく押しつけられる。

「こういう隙なく鍛えられた肉体を崩していくのは、本当にやり甲斐があって楽しい」

両手でウエストを摑まれて、爪先立ちになるほど腰の位置を高く掘えられる。

蒼は焦点の定まらない目を上げた。ガラスに、自分に背後から乗りかかってくる男が映っている。尻のあいだに、張り詰めて濡れそぼったものが押しつけられる。

「ぅ——わ、ぁ、ああっ」

制御の効かない声が喉から溢れた。

まがりなりにも武術の道を歩んできて、常人よりは痛みに耐性があるはずだった。けれども、それは味わったことのない種類の痛みだった。ギリギリと肉の棒が自分のなかにはいってくる。

他人の一部が、すさまじい痛みをともなって、めり込んでくる。

恐怖と苦痛にガラスを爪で引っ掻くと、キ…ィという耳障りな音があがった。

「さすがによく鍛えているだけあって、本当に締まりがいい」

満足げな声音、零飛が溜め息混じりに評する。

「でも、こんなに締めていると、かえって切れてしまいますよ?」

あたかも気遣っているように言いながら、言葉とは裏腹に、閉じようとする内壁を無理やり割り広げて、さらに奥まで捩じ込んでくる。夜景が色相を反転させる。

「っ……ぅ、いた——壊れ、る」

腰を摑む力が増して、ともすれば爪先がカーペットから離れそうになる。窓の段差に手をついて身体を支えようとすると、包帯の下、肩の傷が引き攣れるように痛んだ。

零飛の腕に腹部を抱えられて、身体が浮き上がる。それと同時に、もう片方の手でペニスを摑まれた。

「痛いのが、いいんですか? こんなにして」

茎を扱かれると、ニチュニチュと音がたつ。蒼の足が力なく震える。零飛の腕と逞しい陰茎に体重のほとんどを支えられていた。

——嘘だ……あ、ぁ……!

内臓は陰茎をがっちり呑み込み、零飛の腰の動きに合わせて身体が前後に揺れる。突かれるたびに、肌と肌のぶつかる音が響く。犯される側に置かれているにもかかわらず、それは蒼の男としての性本能をひどく刺激する音とリズムだった。身体の芯がキリキリと昂ぶって、背なかをせつなくくねらせる。

後孔を使われながら、紅く腫れきった亀頭の窪みを擦られると、そこが火を放たれたように熱くなる。同時に零飛に抉られているところが狭まるのが感じられた。収縮した内壁を力ずくで荒らされる。

「で……る、ぁん、んっ、ん――……！」

恥ずかしい掠れ声をあげる蒼の下腹から窓ガラスへと、精液がビシャッと飛んだ。そのあともカーペットへとボトボトと落ちていく。強烈な感覚に涙が零れた。

顔がぬるりと濡れる感覚に、蒼は窓を見た。白濁の絡んだ指が涙に触れている。

踵が床につき、奥を激しく突かれた。次第に大きくなっていく零飛の腰の動きに、身体を芯から揺さぶられる。

肉体を粉砕されていく恐怖と、卑猥すぎる熱とが混じり合う。

射精を終えたばかりの蒼のペニスは宙で激しく揺れていた。その根元から振りまわされる感覚に、またぞろ茎が硬度を持ちはじめる。

心臓と内壁とペニスとが狂おしく脈打つ。

そして蒼に使われた媚薬入りらしき液体は、生身で身体を繋げている零飛の体内にも取り込まれているに違いなかった。窓に映る彼の顔はセックスの至悦にうっとりと緩んでいる。とろりとして、けれども攻撃的な獣じみた眸。薄く開かれた唇が、浅い呼吸を繰り返す。乾きはじめた髪が激しく揺れる。

ふたりの淫蕩に耽る顔と行為が映り込む夜景へと、繰り返し繰り返し、蒼は突き落とされていった……。

3

日当たりの悪い台所兼居間は、真昼でも薄暗い。

そこに置かれた質素な木製の四角いテーブルに、蒼は妹と向かい合わせに座っていた。

「朱月、いい加減に認めたらどうだ」

蒼はやわらかい声で問う。

「おまえは暁《シャオ》のことが好きなんだろ？」

暁とは、林《リン》老師の下で蒼とともに武術を学んでいる青年だ。蒼とおない年で、大学に通っている。

「暁なら、俺は反対しない。あいつは明るくて朗らかで、気持ちのいい奴だ」

安物の葉で淹《い》れた、ちょっと渋い紅茶にミルクを注ぎ足しながらそう言うと、朱月が顔を伏せた。耳が綺麗な桜色に染まっていくのを見る。背に流された絹を思わせる長い髪が、はらりと肩口から白いシャツの胸元へと流れる。

兄の贔屓目《ひいきめ》を抜きにしても、朱月は美しい娘だ。それは暁も認めている。彼が朱月のことを語るときの眼差しは、まぎれもなく恋する男のものだった。

「私はそんなに大きなことを望むつもりはないの。暁さんは家柄だっていいし、きっと大学には彼に釣り合う女の人がいくらでもいる」

切れ長の目にけぶる睫を揺らして、妹が言う。

「家だとか学歴だとか、暁がそんなことを気にする奴じゃないって、おまえだって知ってるだろ？　暁の家の人たちだって、そうだ。おまえのことを可愛がってくれてるじゃないか。それにおまえは、どこに出しても恥ずかしくないぐらい綺麗できちんとした娘だ」

鏡のようにつややかな眼差しが、こちらを見る。

「兄さん」

吸い込まれそうな眸だ。

「私が一番大切なのは、兄さんよ」

「……朱月」

妹がふっと笑って、背後の棚を振り返る。

そこには一枚の写真のなかで微笑んでいる父と母がいる。

「父さんと母さんが、いつも言ってたじゃない。いつまでも、ふたりで支え合っていきなさいって。私は兄さんがいればいい」

蒼は溜め息をついた。どうやら暁に気持ちを確かめるのを先にしたほうが、話が早いらしい。別に妹を手放したいわけではないが、暁のような男を好む女は多い。朱月の言うとおり、大学でも、卒業してから勤める企業でも、女たちは彼を放っておかないだろう。だからこそ、一刻も早く結婚の約束をさせておきたかった。

——俺だって、いつ突然いなくなるかわからないんだ。父さんや母さんみたいに、病気や事故で命を落とすかもしれない。そのときに朱月がたったひとりで頼る人間もないような状態になるのは、絶対に避けたい。……暁なら、きっと朱月を大事にしてくれるだろう。

いつしか、雨音が薄い壁越しに起こっていた。

「ひどい降りになりそうだな」

「そうね」

蒼は立ち上がって、窓辺に寄った。

灰色の空、雨に霞むみすぼらしい公団の景色。いまこの世に自分と妹しか存在しないような気持ちになる。こんな心細さを、両親が亡くなってからこれまで数えきれないほど味わってきた。

立てつけの悪い窓を閉め、蒼は滅入りそうになる心を隠して、テーブルへと振り返った。

「暖房でも点けようか。冷え込み……」

静かな部屋。テーブルのうえには、ひとつだけのティーカップ。

「朱月？」

声が震えた。

雨の音が強くなる。まるで、この部屋を叩き壊すように、どんどん強くなっていく。

蒼は動けないまま、棚のうえを凝視していた。そこには木の枠にはいった父母の微笑む写真がある。そして、その横に。

「……嫌だ、朱月——俺をひとりに、しないでくれ」

もういまは写真のなかでしか微笑まない妹に、蒼は訴えた。

五十五階にあるラウンジの大きな窓に、林立する高層ビル群が広がっている。そこに雨が降り注いでいくさまを、窓に向かって置かれているソファにぐったりと腰掛けて、蒼は眺めていた。こんな地上から遥か遠い中空では、下から吹き上げてくる強風に煽られて、雨粒は時に重力とあべこべに上昇しては逆巻く。

「この時期の上海は、素晴らしいとは言いがたいね」

かけられた声に顔を上げると、長身に仕立てのいいスーツをかっちりと着た、温厚な雰囲気の男が立っていた。零飛の第一秘書の張《ジャン》だった。張は二十七歳で、零飛とは遠い血縁関係にあるらしい。彼もまた千翼幇に属している。

「横に座ってもいいかな?」

尋ねられて、蒼は「どうぞ」と返す。

零飛の元に身を寄せて一ヶ月、第二秘書ということで連れまわされる日々を送っている蒼だったが、張はその合間を縫って、秘書として必要最低限の仕事や振る舞いを教えてくれていた。

パーティの席での白深花の言葉や、零飛とのやり取りでなんとなく予想はついていたが、零飛はよく第二秘書という名目で、男でも女でもその時々のお気に入りを連れ歩くのが趣味らしかった。

要するに第二秘書はお飾りというわけで、秘書業務のほとんどは張が取り仕切っている。彼はなるほど秘書はこうあるべきかと思わせるほど、いつも落ち着いていて、その一重の眸は知的だ。

「顔色が優れないね」

自覚していたことを張に指摘されて、

「ちょっと夢見が悪くて、睡眠不足なんです」

正直に答える。

毎朝、ぴったり四時に目が覚めてしまう。そして一度目が覚めてしまうと、なかなか寝つくことができない。ようやっとうつらうつらしはじめたころには起床の時間だ。でもそれは昨日今日始まったことではない。妹の死んだ四ヶ月前から、こんな状態は続いていた。

……いまだ、朱月を死に追いやった緋牡丹の刺青のある男を特定できていない。焦燥感を覚えるものの、しかし零飛と行動をともにすることによって、黒爪幇に関する情報は確実に集まってきている。個人で動いていたら、こうはいかなかっただろう。

「夢見だけのせいかい？」

「え？」

質問の意味がわからなくて訊き返すと、張は人の好さそうな微笑を浮かべたまま露骨な表現で言い直してきた。

「零飛に夜、求められすぎるのがきついのなら、僕のほうからそれとなく伝えておくよ。ああいう人間だから、伝えたところでどれぐらい耳を貸してくれるかはわからないけどね」

「……」

おそらく張が自分と零飛の関係に気づいているだろうとは思っていたが、こうして改めて口にされるとさすがに恥ずかしい。頬が熱くなるのを、なんとか鎮めようと試みる。

本当のところ、張の推測どおり毎晩シーツがぐちゃぐちゃになるほど激しいセックスを強要されている。武術で鍛えてきたから気力にも体力にも自信があったが、かえってそれが仇《あだ》となって気を失うこともなく、何時間もいろんな体位で犯されるのだった。昼は大して仕事らしいこともせず、あたかも夜の行為が仕事であるかのようなありさまだった。

セックスの行為自体は自分を汚され壊されていくようで、いまだに受け入れがたい。男としてのプライドもひどく傷つけられる。けれども、その代償に得られるものも確かにあった。

――してるときは、なにもかも忘れられる。ひとりだけ、この世に取り残されたことも、忘れられる……。

　恥ずかしければ恥ずかしいほど、痛ければ痛いほど、気持ちよければ気持ちいいほど、現実を消し去ることができる。

「そんなにひどくはされてないから、大丈夫です」

「それなら、いいんだが」

　矛盾しているかもしれないけれども、朱月の復讐を果たすために零飛の元にいながら、朱月の死を忘れたくて零飛の身体を求めている。

「張さん」

　灰色の雲からとめどなく落ちてくる十一月の雨を凝視しながら、蒼は尋ねた。

「大体、いつもどのぐらいなんですか？　……零飛が第二秘書に飽きるのは」

　復讐を遂げるまで、飽きられるわけにはいかない。

　飽きられたら、自分は絶望を忘れる術を失ってしまう。

「――そうだな。いつも大体、三ヶ月ぐらいかな」


　夜になっても、雨は降りやまない。

　冷たく濡れた新天地の街角で、車は停まった。ネオンの蛍光色が後部座席のウインドウに滲《にじ》む。運転手が開けたドアから降車した零飛が店へとはいっていくのに、蒼もあとに続いた。

このクラブは先週も訪れた場所だった。

黒爪幇が質の悪いドラッグをばら撒いたという、千翼幇に保護料を払っている店だ。

ゆっくりとした速度で、赤から青、青から緑、緑から黄へと色相の変わっていく薄暗いフロアの奥まったブースにあるソファセットに腰を下ろすと、ほどなくして、店のオーナーがシャンパンとグラスを持って現れた。

「零飛様、ようこそ。ルイ・ロデレール・クリスタルの一九七一年ものです」

オーナーが液体をナプキンに包まれた瓶からグラスへと注ぐと、サーッと繊細な気泡が上がった。

「クリスタルはロシア皇帝アレキサンドル二世の命を受けて作られたシャンパンなんです。キャビアとよく合う」

零飛は泡を鑑賞しながら蒼にそう説明し、オーナーにキャビアとクラッカー、それに女を用意するようにと命じた。

「今晩は仕事を忘れて楽しみましょう」

軽くグラスを捧げて、零飛が微笑する。

蒼は癖のある辛口のシャンパンをひと口含んで、店内を見まわした。

ここにはスーツを着た有名企業勤めの男女の客や外国人客、外国人客目当ての女がひしめいている。籠もった空気は倦怠感に満ちていて、どこか淫靡だ。かかっている曲の抑揚がまた、ねっとりと気持ち悪い。

こういうふしだらな空間には馴染みがないし、生理的に好きになれそうにない。

「ここ、座ってもいいかしら？」

ふいに降ってきた声に、蒼は顔を上げた。胸元にファーのついた桜色のスリップドレスを着た娘が立っている。零飛のほうを見ると、そちらにはすでに黒いタイトな服を着た美女が寄り添って座っていた。オーナーの寄越した女たちらしい。

「ああ、どうぞ」

そう答えて、少し横にずれてソファを空けたものの、こういう場にもこういう女にも慣れていない蒼はどうすればいいかわからない。横の零飛を窺うと、彼は女の細い項に手を差し込んで耳元でなにかを囁いていた。鈴を振ったような笑い声を、女が漏らす。

「……」

なにか、もぞりとした重苦しい感覚が胸のあたりに広がる。それがなんなのか辿ろうとしていると、

「ねぇ、これって伊達眼鏡なの？」

ふいにコンコンと眼鏡のツルをつつかれて、蒼は娘のほうを振り返った。

「え、なに？」

「だから、度のない眼鏡なの、って。輪郭の線がズレてないから」

「あ、ああ」

女の、艶やかなピンク色の唇がキュッと笑みを浮かべる。

「ふぅん。あなたみたいに眼鏡とスーツの似合う男の人って、あたし好きだな」

腕に胸が押しつけられる。脚が組み替えられて、すんなりした腿が露わになる。桜貝のような爪を載せた指先が、手に這ってくる。そして、蒼の手首に嵌められている時計に触りながらうっとりとした声で。

「素敵な時計ね」

いま彼女にとっての蒼は、成功を収めている企業の社長秘書なのだ。時計からスーツ、靴にいたるまでブランド品を身につけた一流企業の男。

零飛がすっと耳元に唇を寄せてきた。囁く。

「その時計をやると言えば、その娘はいますぐにでも下着を脱ぎますよ」

思わずきつい視線で睨むと、ソファと尻のあいだに手が割り込んできた。腰をずらして逃げようとすると、尻を鷲掴みにされる。

「蒼、その娘とするのと、私とするのと、どちらがいいか選びなさい」

「……なにを、ふざけて」

女たちに聞こえないように小声で蒼は言い返したが、

「早く」

答えを要求しながら、零飛の指がスラックス越し、双丘を割り広げてくる。指がツーッと谷間を這う感触に、ぞくりと背筋に電流が走った。蒼の身体を知り尽くしている指は簡単に粘膜の窄まりの位置を探り出し、圧してくる……昨晩も強いペニスでさんざん乱された場所だ。緩急をつけてそこを嬲られて、ジャケットで隠れているものの、スラックスの下腹が張りはじめる。

零飛はそうやって左手で蒼を弄びつつ、右手では女の肩を抱き締め彼女の話を聞いている。快楽の甘さと、馬鹿にされている苦さ、追い詰められる焦燥感がめまぐるしく入れ替わり、次第にぐちゃぐちゃになっていく。横の女が話しかけてくるのに、まともにそちらを見ることができない。瞼が震えてしまう。

――欲しい。

思い描くものは華奢な女の身体ではなくて、広い肩、逞しい腕だった。男とのセックスを欲するように躾《しつ》けられてしまったことを、認識させられる。

――零飛が、欲しい。

こんなやり方で自覚させられた口惜しさを、熱い欲求が凌駕《りょうが》する。

零飛のスーツの肘をグッと掴むと、鮮やかな黒い眸がこちらを見返してきた。

蒼は唇の動きだけで答えを伝えた。

長い睫でひとつゆっくりと瞬きをして、零飛が微笑を浮かべる。

このまま一刻も早く部屋に戻ってセックスに溺れてしまいたいのに、突然ブースにひとりの男が現れた。ノータイの黒スーツ姿の男は、胸の前で右手の拳を左手で包み、零飛に礼を示す。千翼幇の構成員で、新天地一帯を仕切っている陳だ。

「お待たせしました、零飛様。予定どおり捕獲しました」

零飛はさっと立ち上がると、機嫌のいい様子で陳の二の腕を叩いた。

「私の期待に応えてくれて嬉しいですよ」

「とんでもありません。もとはと言えば自分に落ち度があったから、黒爪幇などに侮られたんです。せっかく、零飛様の後押しで新天地を仕切らせていただいてるのに、本当にどうお詫びをすればいいのか」

陳が締まりのある顔に苦悩を滲ませながら言う。

「君のせいにばかりするつもりはありません。こちらと同様、黒爪幇も共存などという保身を、いい加減捨てたいのでしょう……それで、ここに連れてきているのですか？」

「はい。地下室のほうに」

「蒼」

顎で一緒に来るようにと示され、蒼はまだ下半身に熱を燻《くすぶ》らせたまま立ち上がる。

零飛は今晩、明確な目的があってここを訪れたのだ。「今晩は仕事を忘れて楽しみましょう」

も嘘なら、あんな恥ずかしい選択をさせたのも時間潰しのゲームだったのだ。

まだ半分以上残っているルイ・ロデレール・クリスタルのボトルの首を持った零飛が陳と並んでフロアを歩いていく。それを追いながら、蒼は欲情と腹立ちを持て余していた。


クリスタル製のシャンパンボトルが、きらきらと輝きながら青年の頬を殴った。ゴッと鈍い音がして、すでに切れて赤黒い血のこびりついている唇へと、鮮やかな色の鼻血が伝っていく。椅子に縄で拘束された、痩せぎすな青年の身体がビクビクと引き攣る。店の地下にある食材貯蔵庫で、拷問はおこなわれていた。

「今晩も、またうちのシマで劣化ドラッグをばら撒いていたそうですね。黒爪幇の誰に命令されたんですか?」

「……黒爪幇は、関係ねぇ」

露骨な嘘だった。

青年の爪の根元の皮膚には、黒爪幇の者たちがよく爪に塗っている黒い染料の色素が沈着している。

「私が愉しんでいるうちに、答えなさい」

ボトルについた血を青年のタートルネックの茶色いセーターで拭いながら、零飛が気味悪いほど優しい口調で言う——言葉のとおり、零飛はとても愉しそうに見えた。かたちのいい唇の端は綺麗に上がり、眸は陶酔を示して潤んでいる。

ふたたびボトルが振り上げられて、青年の側頭部へとめり込む。椅子ごと、青年の身体が水色のタイル張りの床へと吹っ飛んだ。床に横倒しになったその顔や身体へ、ボトルの中身がトプトプと撒かれる。炭酸の弾けるか細い音が上がる。アルコールが傷口に沁みたのだろう。青年が大きく呻いた。

零飛はわずかに紅潮した顔を仰向けて、自身のネクタイの結び目を摑み、緩めた。唇を少し開いて、溜め息をつく。

それはどこかセックスのときの様子に似ていた。

暴力も性交も、人を苛み屈服させるという点で、零飛のなかでは等しいのかもしれない。

初めはふてぶてしかった獲物の眸は、意識が飛びかけているらしい。どろりと濁っている。

零飛がスーツの内ポケットに手を入れながら、床に片膝をついた。そして、取り出した小ぶりなナイフの鞘《さや》を外すと、青年を拘束している縄をブツリと切る。その脱力している右腕を床に押さえつけて、

「少々、痛いことをしますよ」

その言葉とともに、ナイフがダンッと振り下ろされた。

ギャッという、鳥が殺されるときのような声が食材貯蔵庫に響く。床に晒された掌にナイフが突き刺さっていた。零飛が握った柄をリズミカルに揺らすたびに、濁った悲鳴があがる。

「答えたくなってきたでしょう？」

残忍な行為とは裏腹のまろやかな甘い低音が尋ねる。それでも青年が答えないと、突き立てられたナイフが強い力でぐりっと九十度捻《ひね》られた。青年の掌の腱や骨が破壊される。

蒼は衝き動かされるように、零飛の右腕に手をかけた。強い声で詰《なじ》る。

「こんなやり方しなくても、ほかに訊き出す方法はあるだろっ」

黒くぬめる眸が間近に見返してきた。

「覚えておきなさい。この世界では、そういう上品な考え方は命取りになります」

「……でも」

「もしかすると、君の妹さんを殺した人間を、この男は知っているかもしれませんよ？」

そう囁きながら、零飛が手に触れてくる。蒼の掌に引き抜いたナイフを握らせる。

「それどころか、この男が殺したのかもしれない」

「そんな――」

と、床に横倒しになっていた男の身体が、ふいに勢いよく跳ね起きた。

下半分血まみれの顔面は、すさまじい形相に歪んでいる。青年はナイフを持っている蒼をもっとも危ない敵と判断したらしい。次の瞬間、飛びかかってきた。

咄嗟《とっさ》のことだったけれども、考えるより先に蒼の身体は動いていた。一歩大きく後ろに飛び退き、後ろ足に体重をかけて、深く重心を落とす。突進してきた青年の胴を左腕で受け流し、バランスを崩した相手の足を払って床に引きずり倒す。そして間髪入れず、仰向けに転がった相手の胸元へと座った。両膝で二の腕を床に押さえつけて、抵抗を封じる。

蒼は青年の頸動脈《けいどうみゃく》を指で押さえると、ナイフを翳《かざ》した。

武術での手合わせでは味わったことのない、切羽詰った快楽にも似た痺れが体内にある。血走り、見開かれている青年の目へと刃物の切っ先を寄せる。

――こいつは、黒爪幇の人間なんだ。俺から朱月を奪った黒爪幇の……。

このナイフを眼球へと突き刺していいように思えてくる――手が小刻みに震えた。刃の下の眸に、狩られる動物めいた恐怖の色が広がった。

「…めろ、やめてくれぇっ！　頼む、から」

顔を逸《そ》らそうとする青年の喉元を、ぐっと締める。

朱月もこんなふうに哀願したのだろうかと考える。工事中の高層ビルに連れ込まれて、泣きながら……。

「質問に答えたほうがいいようですよ」

零飛が青年の頭側に立ち、唄うような口調で言う。

「答えなさい。君に指示を出しているのは、誰です？」

蒼の手の高度が少し落ちる。

あわや、というところで、ついに青年が叫ぶように答えた。

「——サ、サイ、フだっ」

「サイフですか。梁《リャン》家の」

「そうだ、梁彩虎《サイフ》だ！」

「ほう。それはまたなかなかの大物ですね」

果たして、朱月は落ちていきながら、誰の名前を呼んだのだろう？

兄である自分か、暁か、父親か、母親か……。

青年が零飛の質問に答えたかどうかなど、いまや蒼には関係なかった。どす黒い感情の渦に意識が呑み込まれていく。自制できない昂ぶりが四肢を支配していた。

ナイフを突き刺そうと、手に力を籠める。

「蒼」

ふいに耳元で、強い声に名を呼ばれた。

零飛に呼ばれたことで、まるで催眠術が解かれたかのように、ハッと我に返る。

自分のしようとしていたことに呆然として、蒼はナイフを取り落とした。硬い水色の床で、刃がぎらりと光る。


暗闇に、目を開いている。

横を見れば、こちらに広い裸の背中を向けた男の姿がある。

こうして毎日、午前四時に目が覚めるたび、零飛とひとつのベッドで寝ていることを奇妙に感じる。まるで家族か、とても親しい友人か、あるいは恋人のように一緒にいるのに、自分たちの関係はそのどれでもない。

――セックスって、してるときしか意味がないものなんだな。

なんとなく、肉体の関係は心の距離も縮める効力のあるものだと、以前は思っていた。キスをしたり、抱き締めあったり、身体を繋げることで、他人であるはずのふたりがあり得ないほど深い絆を結べるのだと考えていた。

でも、現実は違う。

――俺は、ひとりだ。

この街にどれだけの人がひしめいていても、いまも不夜城で騒いでいる人間がいても、こうして横に寝ている誰かがいても、関係ない。自分を誰よりも大切に思い、寄り添ってくれる人はいない。

惨めな、虚しい気持ちが広がっていく。

外では、しとしとと雨が降っている。上海の冬の、肌を刺す寒さと、重たい湿気。この部屋は室温も湿度も調節されているけれども、気の滅入る空気が忍び込んできては肌にまとわりつく感覚から逃れられない。冬が早く終わればいいと思う。

——でも、冬が終わるころには……。

零飛が愛人に飽きるのは三ヶ月だと、張は言った。だから、この横で眠る男の姿は冬とともに消えるだろう。

無性に胸が苦しくて、蒼は零飛に背を向けた。裸の自分の身体を抱き締める。

体温を感じるほどに近くにいても、それはなんの意味もないことなのだと、自分に言い聞かせる。

4

「蒼？　蒼じゃないかっ！」

その日、遅い昼食を取りに浦東新区を零飛と歩いていた蒼は聞き覚えのある声に呼ばれた。

振り返ると、爽《さわ》やかな男らしい面立ちの青年が立っていた。

暁だった。同じ中国武術の道場に所属していたおない年の友人であり、朱月の憧れていた相手でもある。

「おい、どういうつもりだ？　この一ヶ月半、どれだけ捜したと思ってるんだっ」

彼は駆け寄ってくると、飛びかからんばかりの勢いで蒼の肘をぐっと摑んできた。摑んで、激しく揺さぶる。

「老師だって俺たちだって、ものすごく心配してたんだぞ。あんな短い手紙ひとつだけ寄越して……」

半月ほど前、蒼は一通の手紙を道場宛てに出した。仕事自体は朱月の復讐を誓ったときに辞していたが、長いあいだ自分と関わってくれた人たちが心配していることは知っていたからだ。

自分は大丈夫だから捜さないでほしい。いままでお世話になったことをとてもありがたく思っている、という簡素な内容のものだった。そんなもので皆が納得してくれるとは思わなかったが、そのぐらいしか嘘をつかずに書けることがなかったのだ。

「おまえに似た奴をこの辺で見かけたって門下生がいて、それで三日前から張ってたんだ——本当におまえだったんだな。帰ろう」

驚きのあまり木偶《でく》の棒みたいに突っ立っている蒼の腕を摑んで、暁が歩きだそうとする。

「俺は、帰らない」

言いながら、友人の手を振り解く。

青褪めた顔で振り返った暁は、蒼をじっと見つめた。

「なぁ……もしかして、なんか朱月絡みのことに関わってるのか？」

暁が声を低めて訊いてくる。

彼もまた、朱月の死に疑惑をいだいていると蒼は知っているから……だからこそ、彼を巻き込むわけにはいかないと思う。危ない橋を渡るのも汚れるのも、自分ひとりで十分だ。

「いや、朱月のことは、関係ない」

詰まりがちな声でそれだけ答えると、暁が苦しげに眉間に皺を寄せた。握っている蒼の腕に、捻じ切らんばかりの力を加える。

「なら、帰ってこいよ！　おまえまでいなくなって、俺がどれだけ……」

それまで数歩離れたところで様子を眺めていた零飛がすっと寄ってきて、暁の茶色いダッフルコートの肩に触れた。

「申し訳ありませんが、彼は私のところの社員なんです。勝手に連れていってもらっては困ります」

暁がキッと強い眼差しで、零飛を睨んだ。睨んでから、目を見開く。

「あんた、耿零飛、か？」

知っているのは当然だった。暁は上海《シャンハイ》財経《ざいけい》大学の学生で、将来の夢は経済界で一旗あげることだ。そんな彼の尊敬する人間のひとりが飛天対外貿易有限公司トップである零飛だった。しかもなかなかの心酔ぶりで、蒼に経済誌を見せては零飛のことを熱く語るほどだった。

「え……でも、蒼が社員って？」

「彼は、いまは私の秘書なんです」

「秘書？」

大学も出ていない蒼が一級のエリートの仲間入りをしているのが腑に落ちないのは当然だろう。暁が零飛と蒼の顔を交互に見る。

零飛は軽く笑みを浮かべると、

「これから昼食をとるところです。一緒にいかがですか？」

暁を食事に誘った。

「そうすると、蒼は武術の腕を買われて、耿さんのボディガードを兼ねるかたちで秘書をしてるってことですか」

「ええ、そういうことです」

零飛が頷く。

「なんだ。そういうことだったのか。それならそうと、俺には隠さなくてもいいじゃないか。大出世だな……林老師はがっかりするだろうけど」

暁が軽く肘を叩いてくるのに、蒼は複雑な笑みを返した。友人の前でいかにも今時のホワイトカラーを気取った伊達眼鏡をかけているのは恥ずかしかったから、眼鏡は外している。

イタリア料理店の個室、食後のコーヒーが運ばれてくる。

「でも、さすが耿さんです。見る目がある。蒼はうちの門下でもずば抜けて武術の筋がいいんですよ。老師も彼には期待してて、将来は一門の正統継承者にしたいと考えているぐらいなんです」

「確か、大連《ダイレン》に本拠地のある秘宗拳でしたね。非常に歴史のある拳法だったと記憶していますが」

「はい。門派の始祖は水滸伝《すいこでん》の時代にまで遡《さかのぼ》ると言われています」

暁が誇りを持った口調で武術の話をするのに、蒼の胸は痛んだ。

自分は『仁、義、礼、智、信、忠、孝、悌』という正しい武の道を捨てて、復讐の世界へと身を投じたのだ。現に、黒爪幇の人間だというだけの理由で、この手で人を傷つけようとした……もし零飛が止めてくれなかったら、きっとあの青年の眼球にナイフを突き立てていただろう。

貧しい家庭に生まれながら武術を学んでこられたのは、林老師が目をかけてくれたからだった。大会に出て入賞したときは、実の親のように喜んでくれた。まだ若輩者の蒼に子供たちの武術指導という仕事を与えて生計を立てる術を用意してくれたのも、老師だった。

厳しさのある精悍な顔が脳裏を過ぎる。

黒社会に関わっているなどと、男に身体を弄ばれる情夫のようなことをしているなどと知ったら、老師はどんな顔をするだろう？

「蒼？」

ふいに横から、暁が声をかけてきた。

「ちょっと顔色、悪いぞ。大丈夫か？」

「え、あ、ああ」

慌てて頷くと、零飛が喉で笑った。少しふざけぎみに、艶のある声で言う。

「蒼は疲れているんですよ。私が彼をあまりに酷使するので」

夜のことを言われている気がして、ドキリとする。

もちろん、暁はそんなこととは露知らず、

「秘書の仕事って、そんなにハードなんだ？」

と、素直に訊いてきた。蒼が口を開く前に、零飛がさらりと答える。

「彼はとてもよく尽くしてくれます。仕事以外でも」

「へぇ。そうなんですか。生真面目な蒼らしいや」

今度は次第に顔が赤くなってくるのが自覚された。

零飛のほうをちらと見ると、彼はひどく機嫌のいい様子で、こちらを見ている。

――俺を動揺させて、遊んでるんだ……。

昼も夜も、振りまわされてばかりいる。零飛のちょっとした言動で、あっという間に追い詰められてしまう。そんな余裕のない蒼を、零飛はいつも動じることなく、うえから見下ろしている。

なにか、無性に口惜しい。だから冷静な顔を作って言った。

「ほら、道場で性格の悪い兄弟子がいると苦労するだろ。それと同じだよ。朝から晩までこき使われる」

一拍置いてから、暁が「ああ、なるほど」と笑いだす。

そして思わず言ってしまったあとで、夜にベッドで仕返しが行われるであろうことに思いいたり、蒼はふたたび青褪めたのだった。

「老師は黒社会嫌いだからおまえが耿零飛と関わってることは伏せて、元気にやってるとだけ伝えておく。けど、そのうち、ちゃんと挨拶に行けよ。……いつだって帰ってきていいんだし

な。朱月があんなことになったうえにおまえまでいなくなって、俺は本気で寂しいんだぞ」

別れ際、暁はそう耳打ちしてくれた。

一時間足らずの再会だったけれども、ほんの少しだけ、気持ちがやわらかくなった。


「一九九九年現在、わが国には十二億を超える人民がいます。それだけの市場が、ほとんど手つかずに残っているのです。まず留意していただきたいのは、そのうちの多くの消費者が求めるものと一部の富裕層の求めるものはかけ離れているという点です。その差は先進国と発展途上国との差ぐらいに考えてもらって結構です」

飛天対外貿易有限公司の会議室の円卓のうえに組み合わせた両手を置き、零飛は外国人が聞き取りやすいようにゆったりした速さ、けれども重い厳しさのある声で話している。

「最低限の品質で、どれだけ大衆向けの廉価な商品を作り出していけるか。今日いただいた貴社の商品資料を見る限り、その点への留意があまりに足りないように感じます。いま求められているのは多機能型エアコンではなく、最低限の価格と機能で部屋を温められるエアコンなのです」

「……しかし、そうしますと、わが社の家電製品の売りである精密さと使い勝手のよさを生かすことができなくなります」

日本企業の上海支店トップが太い眉根にきつく皺《しわ》を寄せて、たどたどしい中国語で返してくる。零飛は理解を示すようにひとつ深く頷いてから、言った。

「私も、貴社の製品の長所は理解しているつもりです。そしてそれが後々、この国で生かされることを願っています。ですが、いま最も重要なのはなりふり構わずに上海市場に食い込んでくることではありませんか？　足場を作るのが一分でも遅れれば、それが致命的な不利になる。その分、他社製品が出まわり、将来的な市場も他社が握っていくことになるでしょう」

暗に、代わりはいくらでもいる、と言っているようなものだ。

日本企業側の四人が、母国語でなにかしきりに言葉を交わし合う。

室内はほどよい温度に調整されているのだが、円卓の片隅、蒼はハンカチで自分の額を拭った。じっとりとした嫌な汗が止まらない。ともすれば不安定になる呼吸を嚙み殺し、整える。スーツの下で、腹筋がかすかに痙攣する。

「そちらの希望に沿うように努力する代わりに、製品の取り扱い店舗数と実売数を数字として約束していただくことは可能ですか？」

しばらくの話し合いのあと、日本企業側の人間がそう質問してきた。零飛が微笑する。

「商品ごとに発売から三ヶ月ごとの希望数値を出してきてください。それで改めて条件の突き合わせをしましょう」

「わかりました。明日までに具体的な数字を出してきます」

零飛がトップになってからというもの、飛天対外貿易有限公司が携わった輸入品はどれもしっかり中国市場に浸透していっている。資本主義のメッカであるアメリカの大学で経済学を学んできたこともさることながら、人や物の本質や価値を見抜く眼力の高さのなせる業《わざ》だろう。

蒼はこうやって何度か大口取り引きの会議に列席しているが、零飛は常に理路整然としていて年の若さを感じさせないだけの頼もしさがあり、各国の企業人たちが彼と手を組みたがる気持ちがわかる気がした。いま席を立とうとしている日本企業の人間たちからも、零飛に対する信頼感が漂っている。

彼らを見送るために、蒼も席から立ち上がった。とたんに、腰が砕けそうな刺激が下腹部に広がる。思わずよろけそうになると、横にいた張がさりげなく肘を支えてくれた。

「大丈夫かい？」

一重の穏やかな眸に自分を映されるのに、いたたまれなさを覚える。頬が熱くて、背中が痺れる。でも、下腹の力を抜いてしまったら、体内に押し込まれている棒状のものがいまにも出てしまいそうで……。

零飛は昼食時に蒼が口にした嫌味に対する仕置きを夜まで待ってくれなかったのだ。

会議室のドア付近で零飛と張、営業部の人間たちが商談相手を見送るなか、蒼は少し離れたところに立っているのが精一杯だった。日本人が去り、営業部の人間たちも出ていったところで限界が来る。蒼はグレイのカーペットのうえにがっくりと膝をついた。

「蒼、やはり具合が…」

張が慌てて声をかけてくるのに、零飛はやんわりと彼の腕を掴み、

「蒼は大丈夫です。先に出ていてください」

そう告げながら、張をドアの外へと促した。そしてドアを閉めて鍵をかけると、会議室の一角で蹲《うずくま》っている蒼のもとにやってきた。

二の腕を掴まれて立ち上がらされると、小さな悲鳴が蒼の口から漏れる。

体内の圧力に押されて異物がわずかに抜けたのがわかった。しかし楽にはならない。むしろ中太りのかたちをした器具に後孔を広げられてしまう。

汗を額に滲ませて身体を強張らせていると、零飛に腕を引かれた。腿を合わせる情けない姿でよろけると、広い円形テーブルのうえに座らされた。

「い、あ！　……っく」

抜けかけていたものが、座ったことで、またぐっと体内に潜り込んでくる。拒絶したがる内壁が蠢いて、ゴリゴリとなかが擦れた。

「うう――」

無意識に零飛のスーツの腕にしがみつく。

「抜いてほしいですか？」

濁りのない低音に尋ねられて、楽になりたい一心で蒼は何度も頷いた。

シングルスーツの前が開けられる。続いて、ベルトが焦れるほどゆったりとした手つきで外

される。スラックスを下げられるのに、自分から進んで腰を上げた。膝までスラックスを下ろされて、グレイのビキニタイプの下着が露わになる――こんな性器がやっと隠れるほどしか布面積のない下着など以前はつけたことがなかった。零飛の趣味だ。

小さな布地はいまや先走りでべっとりと濡れ、膨張した性器によって薄く引き延ばされていた。窮屈で恥ずかしくて仕方ない。

蟠《わだかま》っているスラックスの膝の裏に手を差し込まれる。背中をテーブルにつけて胸に膝がつくかたちにごろりと転がされた。体内のシリコン製の棒が、下着の布を押しながら出てこようとする。

「っ、あ、ああ…イヤだ」

零飛がふいに晒された脚のあいだに顔を埋めてくるのに、蒼は目を見開いた。布越し、腫れた双玉の裏から後孔までを舐められる。舌の柔かい感触が弱い場所を繰り返し嬲るのに、大気に晒された魚のように身体が跳ねてしまう。下着に閉じ込められた性器がたまらなく痛痒い。

腰をくねらせながら、蒼は腿のあいだから零飛の頭に手をかけた。ひんやりした髪に指を絡めて引き剝がす仕草をすると、零飛が顔を上げた。蒼はぼうっとした視線を上げ――妙に醒めたような顔に行き当たる。

「本当に嫌なら、いくらでも抵抗できるはずでしょう？　傍系とはいえ秘宗拳の一門の後継者にと望まれているほどの使い手なら」

肉薄の唇には冷笑じみた色が浮かんでいる。

「……」

確かに、本気で抵抗しようと思ったら、できないわけがない。嫌だと身悶えながら、本当は自分から身を任せている。

なにも言い返せずにいると、零飛の指が下着の端からはいってきて、無惨に広がっている場所の縁を引っ掻いてきた。そこがヒクヒクと震える。

「は、ぁ……ん、んっ、んっ」

熱くなっている粘膜の口をしつこく弄られる。

「どうして、抵抗しないんですか？」

ペニスが射精したがって、震えている。

――だから、それは復讐をしたい、からで……これは、その代償だから。

いまにも飛びそうな思考で思う。

――それに、こういうことをすると、してるときだけは、忘れられる……。

けれども、どうしてだろう。それらの答えにはなにかが欠けている気がした。でも、その足りないものがなんなのか、霞がかかっているようでわからない。

脚のあいだの下着がずらされて、淫具に貫かれている部分が剝き出しになる。押さえを失ったものが、自然に押し出されていく。それはセックスの最後にずるりと性器を引き抜かれる感覚に似ていた。ぞわっと鳥肌がたつ。

零飛は不機嫌そうな眼差しで異物の排泄を眺めている。恥ずかしくて、惨めで、苦しい。

中太りのそれを吐き出すのは、苦痛をともなった。唇で深く呼吸をしながら、粘膜の口を引き伸ばされる感覚に耐える。そんな最中に、零飛がふいにテーブルに手をついて真上から顔を覗き込んできた。

そして、尋ねてくる。

「私のことが、好きなんですか？」

蒼は呆けた顔のまま、瞬きをした。

身体を追い詰められている最中の突然の言葉で、なにを訊かれているのかわからなかった。

無言でいると、零飛の表情がさらに不機嫌そうに曇る。

「だから抵抗しない。違いますか？」

ようやっと、理解にいたる。

自分のことを好きだから、抵抗しないのではないか。零飛はそう言っているのだ。

「――――好き、とか……そんな」

そんなことが、あるわけがない。

汗で濡れた額を、零飛がさらりと撫でてくる。

「いいんですよ。好きになって」

「……」

——俺が零飛を好きになる？

一度も考えたことのない感情だった。

夢にも思ったことはないと思うのに、心のなかの霞が大きく揺らいだ。

「そん、なの、あるわけないだろ。ただの、取り引き相手だ」

精一杯突っ撥ねると、零飛は表情を消した。それから数拍置いてから、ふざけたことを呟いた。

「おかしいですね。普通なら、もう堕ちているころなのですが」

要するに、これまでの第二秘書たちは一ヶ月半もあれば零飛に堕ちていたのだろう。

腹立ちとともに、奇妙な動悸が胸に起こっていた。

動悸を殺そうと零飛から顔をそむけると、頬に口づけられた。何度も少しずつ場所を変えながら、やわらかく唇を押しつけられる。最後に、唇をそっと塞がれた。

唇を吸い上げられて、意識が掠れる。

いやらしさのないキスを繰り返され、常に彼から漂う昏くて華やかな花の匂いに包まれて、いつしか身体中の筋肉が弛緩していた。胸のあたりがやたらに熱くて……。

いまや体内からほとんど抜けた男性器を模した玩具の、太い亀頭部分が粘膜の口に引っかかる。身体中にゾクゾクとした寒気が広がる。

意地を張っていられなくなって零飛の唇を吸い返すと、その寒気は雪崩《なだれ》をうって、どうしようもなく甘い感覚へと変換されていく。

突然、射精が始まった。

蒼は惑乱しながら下着を汚していく。ゴトリと玩具が床に落ちる音。楔《くさび》を失った場所が激しく喘ぐ。呼吸をするように収縮しては緩むその縁が指で歪められ——。

「ぁっ！　う……あぁ、零飛っ」

ずぷっと太いものにそこを抉《こ》じ開けられた。硬い、けれども玩具とは違う、肉の感触。一気に奥まで貫かれる。

もう出終わったはずの精液が、底から押し出されるように、ふたたびとろりと蒼の性器の先から溢れた。

零飛が胸を重ねるように覆い被さり、耳元に口を寄せ、意地の悪い声で尋ねてくる。

「好きでもない男のものを、こんな嬉しそうに咥え込むんですか、君のここは」

ここは、という言葉に重ねて、抉るように突き上げられた。その内臓を裂こうとするかのような腰の動きに、蒼は嬌声《きょうせい》を漏らす。内壁の震えが、身体中に広がっていく。唇が震える。指先が震える。

「ちがう……違う……んっ」

なにを否定したいのかわからないまま、きつく首を反らして蒼は呟いた。

震える喉に、零飛の舌がぬらぬらと滑る。その肌で感じる愛撫が、また新たな震えを生んで、体内をいっそう忙しなく痙攣させる。

零飛が気持ちよくてたまらないような溜め息をひとつ吐いた。そして、激しく腰を振りだす。

蒼は零飛を抱き締めるかたち、美しい仕立てのスーツの背を握り締めた。

射精へと駆り立てられていく男の動きに、胸が詰まる。

零飛の動きが一瞬躊躇《ためら》うように崩れる。それから、ぐうっと性器が根元まで押し込まれた。

「……ぁ、あっ、く」

なかで精液が放出されるのと同時に、蒼の快楽も極まる。精液は出なくて、そのせいかひどく長い時間、絶頂の硬直が続いた。

頭の芯が、痛いほど痺れている。

ただ快楽のための涙が、眦《まなじり》からこめかみを伝った。

第二章　水ノ都

1

飛天《フェイティエン》対外貿易有限公司の屋上から飛び立ったヘリコプターは、三十分ほどで目的地へと着陸した。

太湖《タイコ》にほど近い水郷地帯の村だ。ここには観光客が足を運ぶこともほとんどないらしい。村はいかにも中国の田舎然とした長閑《のどか》さのなかにあった。

水路沿いの道に敷かれた石畳は素朴でガタガタだった。こういう道を歩くのに、底の硬い都会の靴は不向きだ。サムソナイトのスーツケースは引きずってもすぐにつっかえるから、持ち上げて運んでいる。

「零飛《リンフェイ》にこんな役まわりを押しつけるなんて、天《ティエン》はなにを考えているんだ」

前方で零飛と並んで歩いている張《ジャン》が、彼には珍しく激した様子で言う。

「私を潰したいんでしょう」

そう答えて、零飛が厚手のコートの下、肩を竦める。

「わかっているなら、こんな命令なんて撥ね退けてしまえばよかったんだ！　これからの千《イー》翼幇《チェンバン》に必要なのは彼じゃない。君だ、零飛」

さらに厳しい口調で言い募る張を眺めながら、その怒りも無理はないと蒼《ツァン》は思う。

天は昨日の午後、突然総経理室にやってきて、零飛の言葉どおり潰そうとしているとしか思えない要求を突きつけてきたのだった。


「黒爪幇《ヘイツァオバン》が、あの村で、ですか」

天の話を聞いて、総経理室のソファに腰掛けた零飛は顔を曇らせた。

「ああ、そうだ。わざわざ、おまえの生まれ故郷で取り引きをしてるってことだ。あいつらは人の縄張りに土足で踏み込むのが好きだからなぁ」

ソファの背に両腕を広げるかたちでふんぞり返ってそう言う天は、明らかに愉快そうな顔をしている。兄弟なのだから零飛の生まれ故郷ということは自分の生まれ故郷でもあるだろうにと、蒼は奇妙に思いながらふたりのやり取りを聞いていた。

「しかも、なぁ。その劣化ドラッグの取り引きの中心人物は誰だと思う? 梁《リャン》だ。梁彩虎《サイフ》」

梁彩虎といえば、新天地の千翼幇系の店に劣化ドラッグをばら撒くことを指示したという、黒爪幇幹部の男だ。要するに、劣化ドラッグの入手から販売まで彼が仕切っているという話らしい。

「そこで俺は考えたわけだ。零飛、おまえはあそこに土地勘があるだろう。明日から向こうに張って、取り引きを潰してこい。黒爪幇に放ってあるスパイの話だと、また一週間以内に大口の取り引きがあるらしい」

「……」

零飛のなめらかな眉間にかすかに皺が寄る。蒼は思わず横から口を挟んだ。

「でも、総経理が急に何日も社を空けるのは、業務に差し障りが出ます」

実際、今週は新規に取り引きを開始するドイツと日本の企業トップが上海《シャンハイ》まで足を運んでくる予定になっているし、週末にはセレモニーの主賓も務めることになっている。大概、土日も休みなく予定がはいっているのだ。上海を離れるなど、もってのほかだ。

——それに零飛は、あんたと違って表の世界だけで十分やっていけるんだ。

零飛の傍で寝起きするようになって二ヶ月が経つが、蒼の目には、零飛が黒社会でのポジションを必要としているようには感じられなかった。自分の管轄のことは仕切るが、黒社会からの利潤を求めて積極的に関わろうとしている印象は受けない。

それなのに危ない橋を渡らされるのは、納得のいかない話だった。

「そのことなら心配ない。そのあいだの仕事は、俺が代理でこなしてやる」

あんたに零飛の代わりができるはずがないだろ、と言いたいのを、蒼は必死で堪えた。

いくら兄である天からの命令とはいえ、いくらなんでも零飛とて今回は断るだろうと思ったのだがしかし、

「わかりました。明日から行ってきましょう」

その答えに、蒼はおのれの耳を疑った。

「でも……」と反論しようとすると、

「私は、私のすべきことをするまでです」

零飛はさらりと言って、蒼の発言を封じた。

そんなあっさりした零飛の反応が面白くないらしく、天はフンと鼻を鳴らすと、さらに投げやりな口調で無理難題を押しつけてきたのだった。

「あんな田舎で大人数で動くと人目につく。最少人数で行って、スパイと連絡を取って、動け」

「天の考えていることなど、見え見えだ。零飛に危ない橋を渡らせてあわよくば自分が貿易公司のほうも牛耳る腹だろう。黒爪幇のことをハイエナのように言うが、天が零飛にやっていることもハイエナ同然だ」

「張、口がすぎます。あれでも私の兄ですよ」

腹立ちの収まらない張を、零飛が窘《たしな》める。

「兄と言っても、半分は違う血だ」

そういうことだったのかと、ふたりの会話に耳を傾けていた蒼は合点する。

だから、天は『おまえの生まれ故郷』などという突き放した言い方をしたのだ。

天の母親はいまも存命で千翼幇総帥の正妻であるから、要するに零飛は妾腹ということになる。その妾腹の弟のほうが格段に出来がいいのだから、天の苛立ちが尋常でないのも頷ける。

「いったい、どこまで零飛につらい思いをさせたら気がすむんだ」

張が吐き捨てるように言う。彼は零飛が十二歳でこの村から上海に移って以降、頻繁に交流があったらしいので、天と零飛とのエピソードを数多く知っているのだろう。

「なにも私は天に屈服しているわけではないのだから、そんなふうに腹を立てる必要はありません」

続けて一段低い声音で、零飛は呟いた。

「天など、いざとなればどうとでもできます。扱いやすい駒だから残しているに過ぎない」

高めの塀に囲まれて、その家は建っていた。

使われなくなってから久しい様子だが、細かな瓦屋根に白い塗装の剝げかけた壁の平屋は、旧来の造りながら、かつては立派な佇まいだったことが窺えた。広い庭には木々が植えられていて、こんな荒れたなかでも春になれば木蓮《モクレン》や花水木《ハナミズキ》がいっせいに花を咲かせるのだろうことが思い描かれた。

ここは、零飛が上海に来る前、生まれてから十二年間住んでいた場所なのだという。

――生粋の都会育ちみたいなイメージがあるのにな。

スーツに濃紺のロングコート、マフラーを身につけた洗練された男を蒼は盗み見る。こんな牧歌的なところで幼少時代の零飛がどんなふうに過ごしていたのか、まったく想像がつかない。

それが歯痒さを生む。朝から晩まで一緒に過ごして、少しは零飛のことがわかってきたような気していたけれども、やはり自分は彼のことをなにも知らないのだと思い知らされる。この同じ冬枯れの庭を眺めながらきっと、自分と零飛は違うものを見ているのだ。

『私のことが、好きなんですか？』

『いいんですよ。好きになって』

半月前に会議室で言われた言葉が、耳に甦る。

あの日から、同じベッドで寝ながらもセックスをしていない。

キスは、たまにされる。

それまでさんざん恥ずかしい行為を重ねてきたはずなのに、そのキスだけでいたたまれない気持ちになる自分がいる。

不思議なもので、セックスをしていたころはそのあいだしかつらい現実を忘れられなかったのに、いまはむしろ意識が零飛に向いていることが多くて、その分だけ虚しい気持ちに苛まれることは減っていた。

妹の夢を見る回数が減り、朝方四時に目が覚めることもいつしかなくなっていた。それはそれで、自分の目的意識が薄らいでいることの表れのようで、焦りを覚えるのだが。

妹の夢を見なくなった分、現実の延長のように零飛の夢を見る。

そしてまた、こうして零飛を眺めていることは、起きてなお夢を見ているようだった。

美しく掴みどころのない夢を夜にも昼にも見ている感覚は、心地よくもあり、けれども現実味を欠いた不安定さがあった。だから、思う。

——零飛と、同じものを同じように見られたらいいのに。

零飛の目で見るように、この庭を見てみたかった。同じ現実世界を共有したい。

蒼は眼鏡を外した。ここでは素の心と眸で、いろんなものに接しようと思った。

「鍵が開いたよ」

張がドアの前から声をかけてくる。零飛のあとについて蒼も屋内へと足を踏み入れた。天井には蜘蛛《クモ》の巣が張り巡らされ、床には綿埃《わたぼこり》が積もっている。

「短い滞在とはいえ、掃除をしないわけにはいかなそうだな」

張が溜め息をつく。

零飛は人目を引きすぎるし、十二年前の彼を知る者はこの村に多い。黒爪幇の取り引きを潰すという目的で来ているからには人の口にのぼるのは好ましくなかった。だから零飛には家にいてもらい、使う部屋や場所だけ軽く掃除をすませた午後、蒼はラフな服装に防寒のコートを羽織り、張とふたりで商店街へと足を運んだ。

武術大会や練習試合で上海から出たことはあったものの、ここまで長閑な村を訪れたのは初めてのことだった。

路地裏を歩いて土地勘を養いつつ、食料や当面の生活に必要そうなものを買って歩く。上海の店のような品揃えはないにしても、どの店も安値で親切だった。

「上海でこれだけ買ったら、いったいいくらぐらいになるんだろ」

米や麵類《めんるい》、この近くの河で漁れたのだという蟹や淡水魚が詰まった袋を提《さ》げ、蒼はしみじみと言った。

「上海はこの数年で物価が急騰したからね。特に香港《ホンコン》が返還されてから一気に上がった。まぁそれが先進国化するということなんだろうけど」

瓶詰めの菜物や油、洗剤のはいった袋を抱えて微苦笑する張がふと立ち止まった。そして、「ちょっと寄ってもいいかな」と訊いてくる。蒼は張に続いて一軒の店にはいった。

店内には茶碗や花器、書など雑多なものが並んでいる。どうやら骨董品を中心とした品揃えらしかった。張がなにやら店の主人と話しているあいだ、蒼はぶらぶらと品物を見て歩く。

「……ああ、あの品じゃね。ちょっと待ちな」

老店主は小さい眼鏡の位置をしきりに直しながら、店の奥まった一角から、長さ一メートル弱の長方形をした木製のケースを取り出した。それを机のうえに置いて、開く。ケースのなかにはあでやかな唐布が敷き詰められていて、そこにすっぽりと楽器が横たわっていた。二胡《にこ》だ。

「木の部分は骨董老紅木ですか」

「ああ。なかなかいい低音二胡じゃて」

「では、これをいただきます」

ケースを閉じる店主の横で、張はコートの内ポケットから分厚い封筒を取り出して机のうえに置いた。皺の寄った老人の手がその封筒を取り、中身を引っ張り出す。

それは百元札の束だった。

「現金で一万元。確かに」

張はケースを肩に掛けると、「行こう」とさっさと店を出ていく。蒼は目を白黒させたままそれを追った。一万元といえば、富裕層の月収の倍ほどの額だ。

「……それ、張さんが弾くんですか?」

横に並びながら、尋ねる。

「いや、僕は弾けないよ。零飛が得意なんだ。知らなかったかい?」

「知りません」

「そうか。彼は名手だよ。これで弾いてもらうといい……まぁ、この二胡でどのぐらいの音が出るかは疑問だけどね」

張のぼそっと口にしたコメントに、蒼は眉を顰《ひそ》めた。

「一万元もしたんだから、かなりの名器なんでしょう？」

その質問に張はやんわりとした笑みを返すだけで答えなかった。

しばらく歩くと、見覚えのある水路沿いの道に出る。

すでに雲の多い空を濃い朱色が染めはじめていたので、ふたりはそのまま帰路についた。道の端に生えている柳《ヤナギ》の裸の枝が、無数の繊細な曲線を描いて水面へと垂れるさまが、影絵のように見える。

その柳の向こうに丸い石橋が見えた。

水路にかけられた橋のうえで、着膨れした十歳ぐらいの三人の子供がこの地方特有の節まわしらしい小唄を歌っている。

「……零飛がここで育ったなんて、なんか不思議な感じがする」

零飛にもあんな無邪気に、このゆったりした田舎に溶け込んでいた時期があったのだろうか？

「張さんは昔から零飛を知ってたんですよね。どんな子供だったんですか？」

「そうだな。初めて会ったのは彼が十二歳で上海に移ってきたときだったけど、そのころは無表情な子だったよ」

「無表情な？」

「そうか。君はここでなにがあったか、知らないんだね」

夕陽を受けた張の横顔が曇る。子供たちの歌声が後ろに遠ざかるころ、張は口を開いた。

「十二年前、零飛の母親はあの家で殺されたんだ。母親だけじゃない。祖父母も、叔母もだ——そして零飛は母親が殺されたとき、同じ部屋にいたらしい」

「……」

「だから、僕は零飛をここに来させたくなかった。天は残酷だよ。そんな事情を知っていて、零飛を来させたんだから」

張の声が、静かながら怒気を帯びる。

「天も天だけど、零飛も零飛だ。僕はときどき零飛の考えていることがわからなくなるよ。天が無茶苦茶な命令をしてくるのは、いつものことだ。そんなことを聞く必要はないし、零飛なら撥ね退けることだって可能なはずなのに……蒼、零飛の刺青を君も知っているね？」

「刺青って、応龍のですね」

零飛の右脚に棲む鮮やかな翼ある龍の姿が脳裏に浮かぶ。

「あれも天が彫らせたものなんだ。零飛が十八歳のときに、黄帝である自分への服従を示すために応龍の刺青を刻めって言ってね。零飛はアメリカの大学に進学することになってたんだが、彫らなければ行かせないと脅したんだ。僕は強く天に抗議したし、零飛に言うことを聞く必要はないと説得もした。でも、零飛は天の命令を受け入れたんだ」

天と零飛のやり取りで納得できない気持ちになったことは、蒼にもあった。

「僕がいくら口を酸っぱくして言っても伝わらないけれど、零飛にもっと自分自身を大切にしてほしい。……正直、傍で見ていてたまらない気持ちになることがあるよ」


「大学を卒業して帰国したのと同時に総経理職に就きましたからね。こんな長期休暇は三年ぶりです」

ここに来てから掃除にも参加せず一室に籠もっていた零飛は、蒼たちが帰ってみるとリビングに移動していた。ネクタイを外したワイシャツにスラックス姿、ソファに優雅に脚を組んで座り、膝のうえのノートパソコンをしきりに叩いている。

新聞や雑誌から依頼された記事の執筆を、溜めてしまっていたのだと言う。

「こういうのはつい後まわしになりがちだから、まとめてやってしまおうと思ってるんです」

この家の電話は不通だし、携帯電話も繋がらない地区なのでリアルタイムの仕事ができないのは確かだが、それでは休暇になっていないだろうと蒼はこっそり思う。

張からこの家で起こった惨劇を聞かされて、そんな場所で零飛をひとり過ごさせてしまったことに、蒼は帰り道の途中から気が気でなかった。

だが、まったくの杞憂だったらしい。零飛はいつもの彼だった。

蒼は道場や家で日常的に料理をしてきたし、張も一人暮らしをしていて家事には長《た》けていた。

夕食は、薬草と貝柱のスープ、牛肉と椎茸《シイタケ》と百合根《ユリネ》の妙め物、豚挽肉団子の醤油《しょうゆ》煮込み、川魚の丸揚げ甘酢あんかけ、菜飯といったものが並び、どれも庶民的な料理だがなかなかの味だった。

妙め物を口に運んで、零飛も「これはおいしい」と満足げな顔をしてくれる。

そういえば、いつも外食やケータリングばかりで、一緒に暮らしていながら零飛に手料理を食べさせたことがなかったことに、蒼は気づく。自分が作ったものを零飛が口にしていることに、妙に嬉しいような照れくさいような気持ちになる。

食事を終え、リビングに移動して龍井茶《ロンジン》を飲んで一服してから、張が二胡のはいったケースを零飛に渡した。楽器を取り出すと、零飛は「なかなかいい材質ですね」と評しながら、深い色合いの紅木を撫でた。そのまま手が下部に流れて、蛇皮の張られた八角形の琴筒《きんとう》のあたりに触れる。

しばらく、その筒部分を掌で辿っていたが、

「あっ！」

一万元の二胡の琴筒の裏側がカパッと取れたのに、蒼は思わず声をあげてしまった。

しかし名器を分解したことに驚愕しているのは蒼だけで、零飛も張も涼しい顔をしている。

零飛が琴筒のなかに指を入れる。

なかから取り出されたのは、一通の茶色い封筒だった。

「なかなか、風雅な連絡方法ですね」

零飛は満足げに呟き、そのしっかり糊づけされた封を開けた。封筒の中身は、幾枚もの紙だった。

冷や汗をかきながら呆然としている蒼に気づくと、零飛が紙を宙で軽く振りながら、笑い混じりに説明する。

「スパイからの情報提供ですよ」

「え？」

「さっきの店の主人は、情報の仲介業者なんだよ。スパイの持ってきた情報を二胡のなかに隠して、こちらに一緒に売りさばくわけだ」

続けて張に言われて、ようやっと事態が呑み込めてくる。

「こうしておけば、もし黒爪幇が仲介業者を嗅ぎつけても、すぐには手紙を見つけだせないからね」

「……この二胡が一万元だったわけじゃなくて、二胡プラス情報で一万元だったたってことか」

思わずホッとしながら言うと、張が笑った。

「二胡自体は四千元といったところかな」

それでも、蒼が武術指導をしていたころの月収数ヶ月分の額だ。思わず、自分と零飛のあいだに投げ出されている分解された楽器を見下ろして、溜め息をついてしまう。

零飛は紙に目を通してしばらく考えるふうだったが、張に向かって命じた。

「取り引きは四日後の午前四時だそうです。場所は村の南西にある水虹橋《すいこうきょう》のうえ。橋の場所を確認してから、明後日一度上海に戻って、取り引き時間に合わせて援軍を連れてきてください。黒爪帮と取り引き相手の台湾《タイワン》マフィアは併せて十五、六人という話ですから、うちの使える人間を十人も連れてくれれば事足ります。あまり早くに現地入りすると向こうに気づかれますから、できるだけ丁度いい時間に頼みます」

「ああ、わかった」

さすがに、この三人だけで取り引きを潰そうなどという無謀な行為をするつもりはないらしい。

「それと、あちらで天が妙なことをして商談を潰したりしていないか確かめておいてください。もしなにかしでかしていたらフォローをお願いします」

「了解」

残りの荷解きをしたり、寝室を整えたりしたあと、蒼は家のなかを見て歩いた。

リビング・ダイニングのほかに部屋は六つあった。電球は使う部屋のものしか取り替えなかったから、月明かりを頼りに眺める。

綿埃がほのかに青白く光るなか、家具は優雅な曲線をもつ明代《ミン》調のものが主で、こんな田舎なりに一家が裕福であったことを物語っていた。

五つ目に覗いた部屋には、ひとまわり小さい椅子や机、寝台が揃えられていた。おそらく零飛が暮らしていた部屋だろう。思わず忍び足になりながら室内にはいる。歩くたびに、足元でふわふわと埃が舞った。

ふと、机の下に一枚の紙が落ちているのに気づく。

蒼はしゃがみ込むと、それを拾い上げた。綿埃を手で払う。

「……あ」

それは、写真だった。

春、白木蓮の咲き誇る木の下に、三十代ぐらいの青いチャイナドレスを着た美しい女性と、濃紺の長袍《チャンパオ》を着た十歳ほどの男の子が立っている。長閑で幸せそうな母子の姿。

零飛と、彼の母親に違いなかった。

零飛は子供らしい丸みのある輪郭をしているものの、やはり美しい子供だった。でも、それはいまのような鋭い鮮やかさではなくて、今日の帰り道、橋のうえで唄っていた子供たちと交じっていても違和感がないほどに健やかな美しさだった。

写真を片手に、改めて部屋を見まわす。

子供の零飛がベッドで眠っている姿や机に向かっている姿が浮かび上がってきて、蒼は知らず知らず口元を綻ばせた。その頭を撫でてあげたいような気持ちになる。

幻を壊さないように慎重な足取りで、蒼は子供部屋をあとにした。

廊下に戻り、最奥の部屋の扉に手をかける。と、そのときだった。

「蒼!」

ビンと強い声が薄暗い廊下に響き渡り、蒼はビクッと動きを止めた。零飛だった。

彼は険しい顔つきでこちらに歩いてくると、わずかに開いた扉を手荒く閉めた。

「人の過去を盗み見て歩くのは、悪趣味ですよ」

なにか様子が変だった。触れたら静電気でも起きそうなほどピリピリしている。

「盗み見るって、俺はそんなつもりじゃ」

思わず気圧されてあとずさる。蒼の手から、子供部屋から持ち出した写真がひらりと落ちた。

「……」

零飛はそれへと視線を落とし、石化したようにすべての動きを止めた。

『零飛は母親が殺されたとき、同じ部屋にいたらしい』

張の声が耳の底で木霊《こだま》した。そして改めて、思いいたる。

――この母親が殺されたとき、この子供の零飛が近くにいたんだ……。

家のすぐ裏を流れる水路が反射させる月光が、廊下の窓からちらちらと弱い光を投げかけてくる。せせらぎの音が、石造りの空間を満たしていく。

「零飛」

蒼は顔を上げて、おそるおそる呼びかけた。

零飛の睫が揺れて、ひとつ瞬きをした。闇が凝ってできたような黒い眸が、蒼へと向けられる。

零飛の口から直接ここであったことを聞きたい……そんなことを願ってしまっていた。自分に脆い心の部分も全部開いてほしいと思ってしまう。

たとえば、信頼しあっている家族や恋人同士がそうするように。

零飛のすっとした薄めの唇がわずかに開いた。開いて、けれどもクッと噤《つぐ》まれる。代わって、苦笑が唇に浮かんだ。

「とにかく、この部屋にだけははいらないでください」

そう言って踵《きびす》を返そうとする零飛のシャツの腕を、蒼は思わず摑んだ。

零飛の拒絶は正当なものだ。彼が自分につらい過去を打ち明けなければならない義務などない。自分たちは、そんな近しい関係ではない。そう頭ではわかっていても感情のコントロールができなくて、蒼はきつい口調で詰った。

「そんなに見られたくないものがあるなら、連れてこなければよかっただろ。彩虎もドラッグもあんたの事情で、俺には関係ない。俺はただ朱月《シュウユエ》の仇を討ちたいだけなんだ！」

言ってしまってから、とても嫌な気持ちになる。

零飛が冷たい表情、ガラス玉のような眼を向けてくる。

蒼の手を払いながら、彼は醒めた声音で言った。

「関係があるから、連れてきたんです」

「……え？」

「彩虎の腕には緋牡丹の刺青があります。確か、君の妹さんをビルに連れ込んだ男の腕にも緋牡丹の刺青があったと聞いたように思いますが？」


都会の高級マンションとは違い、この水路沿いに建つ石造りの家はストーブをつけても大して温まらず、寒さがひたひたと寄せてくる。蒼は干しても黴《かび》臭い古びた布団を鼻先まで上げて、体温を逃がさないように身体を丸めた。公団住宅での凍える冬の夜が思い出されていた。

背後で眠っているはずの零飛はとても静かで、ともすれば自分ひとりでベッドに横になっているかのような錯覚に陥る。

ベッドがひとつしかない上海のマンションとは違って、ここにはベッドのある部屋は四つある。

だから、なにも一緒に寝る必要はないのだけれども、零飛は当然のように蒼をこの寝室に連れてきた。

でも、やはり今晩もセックスはしなかった。

――なんで、しないんだろう？

認めたくないけれども、正直なところ、身体は零飛に抱かれたがっている。抱かれたくて、仕方ない。

毎日のようにたっぷりとセックスを教え込まれた身体が、そう簡単に行為を忘れられるわけがなかった。日に日に積もっていく性欲が苦しくて、風呂やトイレで自分を慰めることもよくあった。自分の手で色褪せた快楽を搾り出す行為の虚しさ。

――もしかして……。

ふと廊下で見せられた零飛の冷たい表情が暗闇に浮かび、ひとつの仮説に行き当たる。

――もう、飽きられた、とか？

張は零飛がお気に入りに飽きるのは大体三ヶ月ぐらいだと言っていた。それでなんとなく三ヶ月間は安泰なように思っていたのだけれども、考えてみればそんな保障はどこにもない。

一ヶ月半ほぼ毎日のように好きなだけ蒼の身体を嬲りまわして、零飛は早々に飽きてしまったのかもしれない。

冷静に考えてみれば、それまで性体験がなかった身で、零飛を満足させられるようなセックスができていたとも思えない。

それでも追い出さずにいるのは、朱月の復讐を手助けすると言ってしまった手前、仕方なくなのかもしれない。

関係があるから連れてきたのだと、言った。

――それって関係なかったら、連れてこなかったたってことか？

自分は零飛にとって、いてもいなくてもいい存在なのだろうか。そう考えると、胸がキリキリと痛んだ。

当初の目的は確かに朱月の仇を討つことだった。その気持ちはいまも変わらない。彩虎という男が本当に朱月を死に追いやった犯人なら、この手で復讐を果たすつもりだ。

零飛は、それを助けてくれるだろう。初めの約束どおりに。

――それでいいはずなのに……なんで、こんな気持ちになるんだ？

零飛という存在が、心にも身体にも深く入り込み、癒着してしまっていた。

失うのが、怖い。

飽きられるにしろ、復讐が遂げられて取り引きが終わるにしろ、零飛との結末はたったひとつだ。自分はかならず彼を失う。

心臓が嫌な感じにドキドキして、いてもたってもいられなくなる。

……こんなふうに一緒にいるからよけい考えてしまって苦しいのかもしれない。

このままでは、とても眠れそうになかった。

しっかりしなければならない。ここに来たのは黒爪幇の取り引きを阻止するためだ。それに、悲願だった朱月の復讐を果たせるかもしれないのだ。

生半可な気持ちや睡眠不足で臨むわけにはいかない。

——ほかにも部屋はあるんだ。そっちで寝よう。

蒼はそう考えて、身体を起こしかけた。

……と、腰に突然、腕が巻きついてきた。

動きを封じられて、そのままずるりと身体をベッドに引きずり戻される。項に温かな吐息を感じる。背中を包み込むように、身体が寄せられる。強い腕にきつく抱き締められて、零飛の匂いに包まれる。

蒼は身体を硬直させたまま、動けなくなっていた。

頭は痺れ、心臓はいまにも胸の肌を突き破って飛び出しそうなほど暴れている。

「……零飛？」

おそるおそる名前を呼んでみる。答えはないから、寝惚けているのだろう。

今晩に限らず、こんなふうに零飛がふいに抱きついてくることが最近よくあった。求められていると勘違いしそうになる、腕の力。

背中に温もりが広がっていく。こんな温かな場所から、とても出ていけないと思う。

不安定な気持ちのまま、身体の欲も満たされず、それなのに零飛の腕のなかで動けない。

——……残酷なことしてるって、いい加減、わかれよ。

抱いてくる男の手の甲を、蒼は爪で引っ掻いた。引っ掻いて、それからギュッと握り締めた。

2

「それじゃあ、僕はそろそろ出るけど——大丈夫かい？」

援軍を呼びに上海へと戻る仕度を整えた張が心配そうに尋ねてきた。

廊下での一件以来、零飛の不機嫌は続いていた。昨日などは食事の時間を除いて一日中部屋に籠もって仕事をしつづけていた。

こんなギクシャクした状態でふたりだけにされたくないというのが本音だったが、まさか張を引き止めるわけにもいかない。

「なんとかやってみます」

強張りがちな頬で笑みを作り、軽い口調で言った。

「なんかうまい料理でも作って、機嫌をとろうかな」

「ああ、それがいい」

にこりと張が微笑む。それから、すっと真顔になって、声を低めた。

「ドラッグの取り引きには彩虎が直接来ることになってる。君の目的が妹さんの復讐だというのはよくわかっているけど、無茶はしないでくれ。本当に彩虎が犯人とは限らないし、なにもチャンスは今回きりじゃないんだ」

「……」

蒼は張から視線を逸らした。床を見つめる。

「蒼?」

少し厳しさのある声音で、名前を呼ばれる。

ここのところ、ずっと考えていることがある。

「……いいかな、って思って」

顔を上げて、訝《いぶか》しげな表情をしている張を見る。瞬きせずに、ゆっくりと言う。

「もし朱月の仇を討てるのなら、相討ちでもかまわないって、思ってる」

——だって、そのあとには、なにもない。

復讐したところで、朱月は帰ってこない。

この手で人を殺めたら、もう二度と道場に帰ることはできない。

「目的が達成されたら、きっと零飛は俺から離れる。そうなるぐらいなら、もう終わってもいいのかもしれない」

自然に、そう唇が動いてしまっていた。

張の顔が強張り、その目が大きく瞬きした。しばらくの沈黙のあと、尋ねられる。

「そんなに零飛のことを愛してしまったのかい?」

「え?」

そう言われて初めて、自分がとても零飛のことを好きであるかのような発言をしたことに気づく。

「俺は……」

否定しようとして、でも唇が動かなくなる。そっと優しい手が肩を包んできた。

「零飛の近くにいて、彼に惹かれずにいるのは、とても難しい。それは誰でも同じだ」

きっといままで幾人もの『第二秘書』を、張はこんなふうに慰めたのだろう。

「でも、彼の心はあまりに複雑だ。誰のものにもなれないほどにね」

張のような安定した人格の人間だから、長く零飛の傍にいられるのだろう。近寄りすぎず、遠ざからず、見守っている。

「零飛は不幸な人間に惹かれる。彼がいつも第二秘書にと拾ってくるのは、綺麗で、とても不幸な人だ」

確かに、自分もまた最悪に不幸な状態で零飛に拾われた。

「以前、彼が酔って言ったことがあった。心に大きな穴を持つ人間はそれを埋めようと、心も身体も深く繋ぐことのできる相手を渇望するものだって——それはあるいは、零飛自身もそうなのかもしれない。普通の幸福な恋愛の範疇を超えて、あり得ないほど深く繋がりつづけること……僕にはその気持ちを本当に理解できることはないんだろうね」

「零飛は、いままで誰とも、そんなふうに繋がりつづけることができなかったってことですか？」

「ああ。零飛のような人間に愛されれば、多くの人間はどうしたって甘い幸福に浸るようになっていく。その時点で、零飛の求める深い結びつきは成立しなくなるわけだ。関係はただの恋愛に堕ちる」

張が出ていったあと、朝から雲行きの怪しかった空は、ついに雨を零しはじめた。

零飛は相変わらず部屋に籠もっている。

蒼は脱力したようにソファに座っていた。雨の日は憂鬱になる。この世にひとり置き去りにされたことが、湿気とともに骨の芯まで沁みてくる。沁みて、内側から自分という存在を解体させていく。

零飛とのことも、いまは考えるのが億劫《おっくう》だった。そもそも張の洞察が正しいのなら、自分が零飛を失わずにすむ方法などない。

雨音を遮断したくて、掌で耳を塞ぐ。雨を見たくなくて、目を閉じる。

そうして外界を遮断してどのぐらい経ったころだっただろうか。

空気がかすかに揺れる感覚を肌に感じて、蒼は目を開いた。

続けて、掌を少し耳からずらしてみる。と、その隙間から低いまろやかな音が滑り込んできた。

手を耳から外してみると、雨音に混じって、音が長く伸びる。抑揚のある音が丸みをもって空気を震わせる。

低音二胡だ。

——あの、情報仲介業者から買ったやつかな。

曲は二泉映月《にせんえいげつ》らしい。厚みのある音が空気を割るように伸びては、ときおり高音で掠れて空気を揺るがす。

澄みきった泉に映った月が、緩急をつけた漣《さざなみ》に乱されてはまた月の姿を結ぶ……そのさまが自然に思い描かれる。それと同時に、零飛が紫檀《したん》の椅子に美しい背筋で腰掛け、膝に二胡を載せて奏でている姿が見える気がした。

壁越しに伝わってくる音が、空気に波紋を広げていく。時にその波紋すら壊すように激しく、そして凪ぐ。

見えない波が繰り返し繰り返し、自分の心と身体を撫でるのを感じる。

子供部屋で見つけた写真の、白木蓮の木の下に佇む母子の姿がいつしか月の代わりに像を結んでいた。

肩に優しくかかる、温かくて優しい母の手。その感触を、蒼は自分の肩に覚える。春風が吹いて、頭上の木蓮が白い大振りな花を揺らめかせる。白壁の光る家。水路のせせらぎの音。草の匂い。母の匂い。カメラのシャッターが切られる。

いまは失われてしまったけれども、かつては本当にあの庭に存在した時間。

零飛のなかにあるなつかしい気持ち、優しい気持ち、せつない気持ち、つらい気持ち、憤りの気持ち、それらの感情の微妙な配合を感じる。想いのほんの細かな襞までもが、手に取るように感じられる……。

胡弓の高まっていく音色が苦しげに掠れた。

あたかも零飛の心臓がいま自分の体内にあるかのように、その震えを感じる。

目の奥が熱くなって、でも涙は出ない。そんな感覚は音楽が途絶えても、しばらく余韻のように続いた。

少しずつ昂ぶった気が落ち着いてくる。雨は相変わらず降りつづいていたけれども、さっきまでの鬱々とした寂しさは消えていた。

と、視界の端で人影が動いた。振り返ると、零飛がリビングにはいってくるところだった。

さっき二胡を聴いていたときの感覚が甦ってきて、胸がぐっと締めつけられたようになる。

零飛の顔からは、おとといの晩からの不機嫌な色は消えていた。彼を包む空気も普段どおりになっている。まるで演奏することで、心に溜まっていた毒を吐き出したかのように、清々《すがすが》しい。

「茶でも淹れようかと思って。君も飲みますか？」

尋ねられて、「え、ああ、うん」と頷く。

そのままソファで待っていると、しばらくして零飛が丸いガラスの器を持ってきた。それをテーブルのうえにふたつ置く。なかには瓢簞《ひょうたん》のようなかたちをした茶葉がはいっていた。それに湯が注がれる。

瓢簞が湯を含んで、次第にほどけていく。束ねられた無数の葉がイソギンチャクのような触手を伸ばし、その内側から蕾が現れる。葉も蕾も次第にやわらかく開き、ついには水中に生き生きとした葉を広げて薄桃色の菊花を咲かせた。

「茉莉葫芦《ジャスミンコウロ》か。朱月も好きだったたっけ」

耐熱性のグラスを軽く揺らすと、細工茶はゆらゆらと花弁と葉をたなびかせる。

正面に座っている零飛を見ると、彼は水中花に見入っていた。珍しいわけでもないだろうに、なにか物思いに耽るふうに見つめている。

零飛の目には、いま茉莉葫芦はどんなふうに映っているのだろう。どんな思いを引き出されているのだろう。

やや俯いた整った顔、通った鼻筋に電灯の光が線を引いている。睫が頬に深く影を落とし、いつもより自然な感じに後ろに流された髪は幾筋か頬にかかっている。濃紺のハイネックのセーターが描く広い肩のライン。とても自信に溢れていて、でもそれに見合うだけの器量を持っている、ある種の完璧さを具現化したような男だ。こうして漂わせる憂いや陰さえ、色めいた彩りにこそなれ、彼の完璧さを損ねはしない。

そんな彼のなかで動く想いに、ついさっきまで触れていた。

二胡の音色が耳の奥に響く。

あんなふうに剝き出しの感情を、自分に対して開いて見せてくれたら、どんなにかいいだろう。

「……俺は、あんたの見てるものが、見たい」

ぽつりと、蒼は言った。零飛が顔を上げる。

「同じものを見て、同じように感じられたらいいのにって思う。あの庭を見て、この家を見て、茉莉葫芦を見て……」

まるで愛だか恋だかの告白をしているようだと、言いながら思った。そして、そんなふうに受け取られても構わないと思った。

沈黙が落ちて、雨の音が部屋を覆う。

零飛は薄黄色の茶をさっと口に含むと、席を立ち、なにも言わずに部屋を出ていった。

雨は夜半を過ぎても、降りつづいた。

蒼は夢を見ていた。

妹が殺された晩の夢だ。なまなましいものではない。

八時までの子供たちへの武術指導を終えてから道場を片づけて帰ると、家に着くのはだいたい九時ごろになる。その晩も九時少し過ぎに蒼は公団前の穴の多いアスファルト路に辿り着いた。

道場から家までは近いから、小雨が降っていたけれども傘を差さずに走って帰ってきたのだ。そのせいで髪も服も濡れていたが、夏だから寒くはない。

大きな歩幅で水溜りを避けて走りながら、蒼は公団の二階にある自宅の窓を見上げた。ふと眉を顰める。

いつもなら妹はとっくに帰っていて夕食の仕度をしているはずなのに、窓に灯りがなかったのだ。

訝しく思いながらも、蒼は公団の階段を駆け上がった。

「ただいま、朱月」

言いながら立て付けの悪いドアを開ける。なかはシンとしていて人の気配はない。

「朱月？」

妹の名を呼びながら、狭い家のなかを見て歩く。どこにも姿はない。

帰りが遅くなる日はかならず朝のうちにあらかじめ言うのが朱月の習いだったが、今朝、そんな話はしていなかった。

——友達とでも遊びに行ったのかな。もう二十歳だし、いちいち俺に断ることもないか。

とは思うものの、やはり心配で、九時半を過ぎるころ蒼は台所兼居間の隅にある電話機の前に立った。アドレス帳を開き、朱月と同じレストランでウエイトレスをしている娘に電話をかける。彼女はすでに帰宅していて、朱月は定時に店を出たと言う。

妹の学生のころの友達、近所で親しくしている家にも電話をかけてみたが、誰も今日は朱月に会っていないと言う。

そうやって確かめていくごと、嫌な予感は強まっていった。ついにアドレス帳の最後のページまで行き着く。

一度受話器を戻し、蒼は眉間に皺をたてた。仕事仲間でも、女友達でもない誰かといるのだろうか？

ふと、明るくて男らしい顔が脳裏を過ぎった。

朱月は晩生《おくて》で男友達というものがいないが、彼に誘われたのならば蒼に断りを入れずに食事ぐらい行くかもしれない。

蒼はもう一度受話器を取ると、手早く、暗記している番号を押した。ほどなくして電話が繋がり、聞きなれた友人の声が聞こえてくる。朱月がまだ帰っていないことを告げ、今日会わなかったかと尋ねる。

「いや、俺は会ってないけど……帰ってないって、十時過ぎてるじゃないか。なんにも聞いてないのか？」

　こんなときだけれども、やはり暁《シャオ》は朱月が好きなのだろうと、確信する。暁の声はひどく心配そうで、これから心当たりを捜しに行くと言ってくれた。蒼も傘を持って、ふたたび夜の街に出た。雨はさっきより強くなっていた。風も出ている。

　その夜一晩中、蒼は自宅に電話を入れて朱月が帰っていないか確かめながら、街中を捜し歩いた。

　雨がやみ、東の空から光が広がりはじめたころ、くたくたになって家に戻ると、玄関前に暁がいた。彼もまた朱月を見つけられなかったという。蒼は暁を家に入れて、濃いコーヒーを淹れた。

　こちらの憔悴《しょうすい》ぶりなど他人事《ひとごと》だといわんばかりに、朝の光が部屋に射し込んでくる。

　電話は、突然鳴った。

　蒼は飛び上がって、受話器を握った。

　それは警察からの電話で、妹の死が知らされる。

「工事中のビルから飛び降りたようです。自殺でしょう」

　――違う！　自殺なんかじゃなかった……きっとあの警察官は黒爪幇の息のかかった奴だったんだっ。

怒りに、ハッと目が覚めた。

ジジ…とかすかな音をたてて闇にオレンジ色の光を放っている電気ストーブを見つめる。一瞬、公団住宅にいるのかと思った。慌ただしく起き上がり、振り返る。

広いベッドの半分はもぬけの空だった。

「フェイ……零飛？」

呼ぶけれども、答えはない。

まるであの夜のように、外では雨が降っている。風が強い。ガタガタと古びた窓がひっきりなしに鳴っている。

蒼はベッドから下りると、裸足のまま部屋を出た。石の床はぞっとするほど冷たい。リビングやダイニングを覗いて歩くが零飛の姿はない。廊下へと戻り、妙に確信めいた気持ちに衝き動かされて、蒼は最奥まで走った。子供部屋を通り過ぎて、ひとつの扉の前に立つ。はいるなと言われた部屋だ。

「零飛、いるんだろ？」

押し開けようとしたけれども、鍵がかかっているのか、いくら押しても開かない。蒼は拳を固めて、零飛の名を呼びながら木の扉をドンドンと叩いた。叩きつづけた。

——駄目なのか？

気持ちが弱るのに重ねて、叩く力も弱まっていく。

——やっぱり、俺は入れてもらえないのか……。

零飛には、迷惑なだけの存在なのかもしれない。

勝手に車を乗っ取って、満足できないセックスの相手しかできなくて、そのくせ過剰な繋がりを求めるような相手など、うざったいだけなのかもしれない。

去れと、言われているのかもしれない。

ついに拳がだらんと落ちた。額を扉につける。

——零飛、俺は……。

心の底からひとつ、鮮明な想いが湧き上がってきていた。

でも、言葉にすることで、その感情を実体化させるのが怖くて、必死に呑み込もうとする。

唇をぐっと噛み締めたが、無理だった。想いが外に溢れてしまう。

「……俺はあんたのことが、きっとすごく好きなんだ」

震える声で訴える。

「零飛は俺の心の穴を埋められるけど、……俺じゃ零飛の心の穴を埋められないのか？」

口にしてみて改めて、なんて身のほど知らずなことを望んだんだろうと思う。

零飛の心と身体を満たすのに、自分などではきっと足りない。

——所詮、無理な相手だったんだ。いままで誰も零飛に添いつづけられなかったのに、なにを勘違いしたんだ、俺は。

惨めで恥ずかしい気持ちに押し潰されそうだった。額を扉から引き剝がす。足早に数歩、廊下を戻ったときだった。ふいに背後でカタンと音がした。

蒼は振り返って、扉が少しだけ開かれたことを知る。

咄嗟に踵を返していた。ふたたび閉められてしまう前に、扉に体当たりする。あまりに容易く開いたので、バランスを崩してよろけた。足元で綿埃が舞う。

部屋の中央に立った零飛の姿が、小机のうえの置き灯籠の放つぼやりとした光に照らされていた。彼の顔はひどく青褪めているようだった。

「零飛……」

「十二年前」

零飛が溜め息をつくように、呟いた。

「十二年前のあの晩も、こんなふうに雨が降っていました」

果たして蒼の扉越しの訴えが聞こえていたものか。彼はどうやら、彼の心に穿たれた穴について、語ろうとしているらしかった。

蒼は呼吸の音すらひそめて、言葉の切れ端も聞き逃さないように耳を開く。

「突然、家のあちこちからすさまじい悲鳴が聞こえてきて、驚いて飛び起きたんです。横の母の部屋に飛び込むと、いつも朗らかな母が見たこともないような真っ青な顔をしていました。しばらくすると、さっきみたいに、その扉が叩かれたんです。鍵がかけてあってはいれないとわかると、暴漢たちは庭に回って、外から窓を割りました」

零飛の手が、窓を示した。


粉々に砕け散ったガラスが床に散らばっている。雨が室内へと吹き込んできて、それとともに男たちは乱入してきた。

雨と血の匂いが、部屋に広がる。おそらく祖父母や叔母はすでに殺されてしまったのだろう……でもどこかで、これは夢なんだと思っていた。こんなことが現実に起こるはずがない。

実際、いまにも眠ってしまいそうなほど、瞼が重かった。頭の芯がぐらりぐらりと揺れていて、吐き気がする。

男たちの血のついた服と手を、箪笥《たんす》の扉の透かし彫りのあいだから霞のかかる視界で見ている。ここに自分を閉じ込めたのは母だ。箪笥の前には大きな月下美人《げっかびじん》の鉢が置かれている。この夏初めての一夜花が真っ白く咲いていた。昏い、甘やかな匂いがする。

「なんですか、あなたたちは！」

柳眉を逆立てて、母が主犯格らしい身体の大きな男を気丈に睨みつける。

「おまえがイーチェンバンのボスの女か。写真以上の美人だなぁ」

男が刺青のはいった腕を伸ばし、無骨な手で、乱暴に母の顎を掴む。

イーチェンバンってなんだろう、と考える。ボスって誰のことだろう、と考える。

もしかすると、あの男のことだろうか。ほんのたまにここを訪れる男。母にとても優しく接する大人の男。自分にも必ず玩具を買ってきてくれる。それはリモコンで動く飛行機とか、鉄道ジオラマだとか、友達が誰も持っていないような珍しくて高価なものだ。母に触られるのは腹が立つが、自分もその男のことが、そう嫌いではない。

「なぁ、実は俺は写真で見て、おまえのことがどうしても気に入っちまったんだよ。俺と来て、俺の女になれ」

母が男の手をビシッと叩いた。

「気に入って、その仕打ちがこれですかっ！」

「まぁ、ついでにイーチェンバンを煽ってやろうと思ってな。安心しろ。おまえは無傷でもらっていく」

母の悲鳴が響く。男がたおやかな母の身体を抱き竦めていた。

たとえ悪夢だったとしても、見過ごすことなどできない。

いま母を守れるのは自分しかいないのだ。

痺れて感覚のほとんどない手を、箪笥の扉にかける。押すのに、開かない。どうやら外側の留め金が掛けてあるらしかった。内側から扉を叩く……叩いているつもりだった。月下美人の花が叩くたびにかすかに揺れる。

「母さま！」

そう叫んでいるつもりだったが、舌も腫れたようになって麻痺してしまっていて、出るのは呻き声だけだった。激しくなった雨と風の音に掻き消される。

──あの薬……。

家のなかの異変に気づいてこの母の部屋に飛び込んだとたん、母は彼の口を抉じ開けて、喉の奥深くに白い錠剤を押し込んだ。咄嗟に飲んでしまったけれども、この強烈な眠気はその薬のせいに違いない。

頭の芯はジンジンと音がするほど痺れている。いまやもう、腕は鉛のように重くて持ち上げられない。瞼が重い。母の姿がどんどん霞んでいく。ぐるぐると視界がまわる。悲鳴も、とても遠くから聞こえていた。

ここで気を失ったら、二度と母と会えない気がした。

守らなければならないと思う。

できるものなら、泣き叫びたかった。母を助けられるなら、自分はどうなってもいい。生まれて初めて神という存在に祈った。頭が割れるように痛い。

もう、上下の瞼は熔《と》けたようにくっついてしまって、目が開かない。

指先は失われてしまったかのように、なんの感覚もない。体が端から削られて、消えていく。

世界が、消える。

「次に気がついたとき、私は病院にいて、傍には例のたまに家を訪ねてくる男がいました。彼は私の父で、黒社会の人間、千翼幇のトップでした……母は、この部屋で服毒自殺していたそうです。でも、あれは自殺ではない。暴漢たちに殺されたも同然です。睡眠薬も自害用の薬も、いざというときのために、父が母に渡していたものでした」

零飛が綿埃に覆われた床を見る。蒼はそこに倒れている女が見えるような気がした。

「……なにも、できなかった。守れなかった」

ぽつりと零飛が呟く。

「誰よりも、愛していたのに」

彼は泣きたいのだろうと、蒼は思った。

なぜなら自分のなかにも酷似した感情があって、目の奥が焼けるように熱くなっていたからだ。自分の五ヶ月前の体験に、零飛の十二年前の想いが深く重ね合わされていた。取り返しのつかない、死ぬまで忘れることがないだろう一夜の記憶。

胸を掻き毟りたくなるようなつらさが込み上げてきて、そのあとに無気力な絶望が押し寄せてくる。自分では塞ぎようのない、心にあいた巨大な穴。それを覗き込む恐怖。世界に自分ひとりだけが存在しているような孤独感。

零飛が顔を上げて、表情を少し緩めた。近づいてきて、手を伸ばしてくる。

頬に触られる。

「泣けない私の代わりに、泣いてくれるんですか？」

言われて、涙が溢れていることに気づく。

「……泣けない、って？」

「あの十二年前の夜、泣く機能など壊れてしまったんでしょう。泣く以前に、心も身体もほとんど痛みを感じない」

零飛にもっと自分自身を大切にしてほしい、と張は言っていた。

――でも、痛みに鈍かったら、大切にしようもないのかもしれない。

痛いのはつらいことだから、人は本能的に自分の身を防衛しようとするのであって、あまり痛まないのなら敢えて危険を避けようとも思わないのではないか。客観的に見たら、それがどんなに痛々しく危ないことだったとしても。

「……それじゃあ、刺青も、あんまり痛くなかったんだ？」

「ええ」

「天の身勝手な命令を受け入れても、苦しくならないんだ？」

頷きが返される。

「――零飛」

人に可哀想がられたり同情されたりするのは、この男には似合わないと思う。

でも、どうしようもなく涙が溢れてきて、蒼は零飛を抱き締めた。広い背中に手を這わせる。

カシミアのやわらかな手触りに指を沈める。

直接伝わってくる心臓の動きが穏やかになるまで、そうしていた。

――でも、勘違いしたら駄目なんだ。俺にだから教えてくれたわけじゃない。たまたまいまここに俺しかいなかったからだ。

零飛が身体を離そうと身動ぎしたから、蒼は慌てて腕を開いた。

いい気になっていると思われたくなかったし、自分自身にもいい気になるなと言い聞かせたかった。

「俺、先に戻って寝……」

零飛が乱暴な手つきで髪に指を差し込んでくる。顔が近づいてくる。睫の下で光る黒い眸が視界に広がる。

この家に来てから初めてのキスだった。押しつけられる数秒、息をすることも忘れていた。少し重なりがずれて、下唇を咥えられる。きつく吸われて、心臓がビクッと震えた。吸われるたび、首筋で指先で後頭部で痺れが弾ける。

――……どうしたらいいのかわかんないぐらい、好きだ。

噛みつくようなキスに、意識が飛びそうになる。心臓がドクンドクンと跳ねている。

昏い甘やかな匂いに、深く包まれていた。

力を失った唇を押し開いて、舌が侵入してくる。舌が触れ合って、蕩ける感覚が身体中を伝う。

零飛の力強い貪欲な舌使いに、蒼は応えた。次第に息が上がってきて、ともすれば膝が力を失う。胸のあたりが灼けるように熱い。

キスをしながら、いままでにないほどの優しさで、零飛の指が髪を撫でてくれていた。それはまるで愛しい人間にするかのような仕草で、勘違いしそうになる……このままキスを続けたら、本当に勘違いしてしまう。

失うと決まっているのに。

蒼は深く侵入している舌を舌で押した。くにゅくにゅとやわらかな肉の押し合いが続いて、ようやく舌を追い出す。

「蒼?」

零飛が露骨に身体を求める視線と声を投げかけてくる。

もう一歩で総崩れになってしまいそうだった。蒼はきつく顔をそむける。

「頼むから……あんまりひどいことしないでくれよ」

「ひどいこと?」

これ以上近くにいたら、好きだと告白してしまいそうだった。この先も傍にいたいと醜く縋ってしまいそうだった。

「俺は張さんが寝てた部屋で、寝るから」

だから、蒼は早口にそう言うと、ほとんど走るようにして部屋を出た。
冷え切った石の床を蹴る裸足の足の裏まで、熱い。

3

たったひとつのキスのせいで、結局蒼は窓が陽の色に染まるまで眠ることができなかった。ようやく眠りに落ちて、次に目を開いたのは午後に入ってだいぶたってからだった。

零飛はリビングでパソコンを膝に載せていたが、蒼が起きてきたのを見ると、白茶《バイチャ》を淹れてくれた。そのほのかに甘みのある熱い液体は、胃に気持ちよく沁みた。

ちらとソファの横に座る零飛を盗み見ると、彼は深くゆったりと座ってこちらを見つめていた。

いつもの鋭い威圧的な力が、その目から消えていることに、蒼は気づく。

眸にあるのは、夜の湖の水面を思わせる、穏やかで深い色だった。髪が軽く顔にかかっている様と相まって、完全に肩の力を抜いてくつろいでいるように見える……零飛が二十四歳という年相応に見えたのは、これが初めてだった。

不思議なものを見る思いで見つめ返していると、零飛が身体を起こした。腰にそっと手をかけられる。

「……」

白茶の名残りを味わうように、零飛が唇を吸ってきた。まだ眠気が残っているなかでされる口づけは、とても心地いい。

伏せた睫が震えてしまう。

唇が少し離れて、また押しつけられる。

優しく啄《ついば》まれていく。

こんな優しいキスは夢のなかでしか、してもらったことがなかった。だから、もしかするとまだ眠っているのかもしれないと、ぼんやり思う。

唇が離れて、

「これも、ひどいことですか？」

零飛が尋ねてきた。それはまるで、昨晩の拒絶に傷ついているかのような口ぶりだった。

――拒絶したって、本気でしたければ、いつだって力尽くででもしてきたくせに……。

朝まで眠れなかったのは、零飛を待っていたからだった。

本当に求める気があるなら、いままでそうしてきたように、零飛は傍若無人に奪いに来るはずだ。

――でも、来なかった。来てくれなかった。

朝陽を窓に見たときの失望感が甦ってくる。勘違いしてはいけないと今度こそ深く胸に刻み込んで、眠りについた。

蒼は口元に苦笑を浮かべて、零飛の質問を流した。そして表情を引き締めて、告げた。

「彩虎が、もし本当に朱月を殺した奴なら、今晩俺は願いを叶える」

そのために自分は零飛の傍にいて、零飛は自分を傍に置いていたのだ。

——それに、黒爪幇のやり手の幹部がひとり消えれば、零飛にだってプラスになる。

自分の願いを遂げ、そのうえ、零飛の役にも立てるのだ。たとえ相討ちになったとしても、それだけの価値のあることだ。

蒼は強張りそうになる顔に笑みを浮かべた。

「あんたは本当に人の夢を叶える力があるんだな。すごいよ」

零飛の手を振りほどくようにして立ち上がって、伸びをする。

「最後の晩餐は、豪華にしなきゃな」

台所へと向かいながら軽い口調で言った言葉は、少しだけ震えてしまった。


黒爪幇に潜伏しているスパイからの情報によると朝四時に水虹橋にて取り引きが行われるはずだった。

その情報を基に、取り引き時間に張が精鋭を引き連れてヘリコプターで一気に現場に乗り込むという計画を立てていた。零飛と蒼は裏道から橋の傍に行って待機し、背後から援護射撃をする予定になっている。

戦闘に備えて、軽く仮眠を取っていた午前一時過ぎ。突然、扉がドンドンと叩かれた。

さっと起き上がった零飛が銃を片手に玄関に向かう。

扉の向こうに立っていたのは、眼鏡をかけた小太りの男だった。骨董屋の老店主……情報仲介人だった。

「ついさっき、急な情報がはいってな。ここには電話も通ってないし、それで慌てて飛んできたんじゃよ」

凍える夜道を走ってきたらしい。苦しそうに呼吸している男の鼻も頬も、真っ赤だ。

「ご苦労でしたね。それで、急な情報とは？」

零飛が厳しい表情で尋ねる。

「取り引きの時間が二時間早まって、午前二時に水虹橋のうえでということになったそうじゃて」

蒼は腕時計を見た。一時二十分を指している。

零飛は情報料をあとで払うことを約束し、老店主に張の電話番号を渡した。

「取り引き時間の変更と、一刻も早くこちらに向かうようにと、張に伝えてください」

店主が出ていってからほどなくして、蒼は零飛とともに、月下を橋へと向かったのだった。

水虹橋は村の南西の外れにある、古ぼけた橋だ。昼でさえそのあたりで人影を見ることは少ない。それがこんな深夜ならなおさら、闇と静けさに包まれる——けれども、いまばかりは様子が違っていた。

月光の下、黒い服に身を包んだ男たちのシルエットが蠢く。

「スパイからの緊急の情報、正しかったんだ……」

砂利道にまた一台、車が乗りつけられる。このまま面子が揃って、ドラッグの取り引きが行われるのは時間の問題だった。

上海からの援軍が来るまでには、まだ時間がかかるだろう。

「どうも、面白くありませんね」

橋の傍の廃屋の陰から黒爪幇と台湾マフィアの様子を窺っていると、零飛が横で低く呟く。

蒼はそれを、援軍抜きのふたりきりで取り引きの妨害をするのは無理で、それが面白くないと言っているのだと解釈した。

「確かに、ここで指を咥えて見てるのは面白くないけど、仕方ない」

「そういう意味ではありません」

「え？」

「肝心の彩虎が来ていないんです。そして、変更になった取り引き時間の午前二時をすでに五分過ぎている」

零飛の言わんとすることがわからなくて、蒼は暗闇にじっと零飛を見つめた。

「大量のドラッグの取り引きをするのに約束の時間に遅れるほど、彩虎は抜けた男ではありません」

それは、要するに……。

蒼はハッとして、橋のほうを見た。

彼らはやけにあたりを見まわしてはいないだろうか？　まるで、なにかを探しているかのように。

「忠誠心のないスパイは本当に厄介《やっかい》なものです」

零飛の言葉に背筋がザッと冷えた。

「……寝返ったって、ことか」

「あるいは、端からダブルスパイだったのか」

言いながら、零飛はロングコートの下からそっと銃を抜き出した。

「銃を使ったことは？」

きっと零飛がそうであるようにまた、蒼もすぐ近くの暗闇に人の気配を感じ取っていた。

「俺は銃より、こっちのほうがいい」

蒼はコートのなか、腰に手を滑らせた。一組のナイフが左右の手に鈍く煌《きら》めく。刃渡り十五センチほどのナイフは、ひとり無謀にも黒爪幇の人間の溜まり場である店に押し入ったときにも握り締めていたものだ。

背筋を伸ばして直立し、肩の力を抜き、目を閉じる。臍《へそ》の下の丹田《たんでん》に力を込めて、ゆっくりと呼吸をする。

水の匂いのする風が、かすかに吹いていた。

恐慌と過度の緊張感が凪いでいく。そうして水面下の魚影を探るように、人間の気配を読む。強い漣が左前方から起こっていた。

顎を引いたまま、蒼はすっと目を開いた。朽ちた廃材の山、あの向こうに敵が潜んでいる。

「銃声がすれば、橋のあたりの奴らに気づかれる。俺がやる。そのまま、向こうの道に出よう」

廃材から視線を逸らさず、蒼は低く囁いた。そして、足音を消して歩を踏み出す。次第に早く小走りになり、蒼はトンと地面を蹴った。脆い廃材の山を崩さずに登りきり、その向こうへと飛び下りる。ようやく接近に気づいた男が声をあげる前に、ナイフの柄の尻で男の項をガッと突いた。男は白目を剝いて崩れるように倒れた。

足音をひそめた零飛が廃材裏に現れる。

視線で頷き合い、細い砂利道を走りだす。耳を澄ませ、あたりに神経を張り巡らせながら闇を進んでいく。追ってくる人の気配はなかったが、しかし。

突然銃声とともに足元の小石が火花を上げたのに、ふたりは足を止めた。

パアッと視界が明るくなる。蒼は急激に訪れた眩しさに腕を目にかざしながら、光源を睨んだ。

それは車のヘッドライトだった。

ヘッドライトを背にひとりの男が立っている。その周りにも数人の男がいた。皆、銃口をこちらに向けている。

「よぉ、耿零飛。こんなところで会うとは奇遇だなぁ」

まるで旧い友達にでも会ったような口調で、ライトのなかの男が言った。

「しかし、こんなとこでなにをしてんだ？　俺の大事な用事はとっくに終了したぜ」

ドラッグの取り引きは、やはり別の場所で行われたのだ。

「それは、よかったですね。梁彩虎」

苦々しさを殺した表情、零飛が口にしたその名前に、蒼は目を見開いた。

梁彩虎——黒爪幇の幹部で腕に緋牡丹の刺青があるという、朱月を殺したのかもしれない男。

蒼は思わず一歩、男へと進んだ。零飛が二の腕を強い力で摑んでくる。男が蒼のほうを見た。

じっと見つめてくる。男のひとつひとつのパーツが大きい顔が表情を変えた。

「……朱月？」

まるで、幽霊にでも逢ったかのような声音で、男は妹の名を口にした。

それで蒼は確信した。

──間違いない……こいつだ。こいつが、朱月を殺したんだ！

骨の髄がキンと冷えて、身体がブルブルと震えた。その震えが触れている場所から零飛に伝わったのだろう。

「蒼！」

きつい声で名前を呼び、零飛が腕を強く揺すぶってきた。蒼はその手を振り払った。

「……あいつだ。あいつが──」

両手のナイフをぐっと握り締める。ようやく、辿り着いた。

蒼はすぅと零飛へと視線を向けた。

車のライトを受けて、闇に白く輝くように照らし出されている男。鮮やかに黒い眸と髪、非の打ちどころのない顔立ち、男としてのしなやかさと強さを持った肉体。そしてその完璧な肉体に宿る、並外れた器量と、……闇を知る心。

その存在のすべてを蒼はおのれのなかに焼きつけた。

これが零飛と接する最後になるのかもしれない。

「ここまで連れてきてくれて、ありがとう」

「蒼、なにを？」

零飛が厳しい声を出した。

バラバラ…という、かすかだったヘリコプターのローター音が急速に近づき、雷鳴のように大きくなる。機体の巻き起こす強風が地上へと降りてくる。

「張さんが、あんたを迎えに来たみたいだな」

張のことを羨ましいようにも思う。彼はずっとこの現実味を欠くほど魅惑的な男の傍にいられるのだ。上海の夢を、間近で見守りつづけることができるのだ。

——でも、俺の夢は、これでお終いだ……。

「さようなら、零飛」

自分を捕まえようとする零飛の腕を摺り抜けて、蒼はヘッドライトへと走りだした。

彩虎の銃口がまっすぐ、蒼へと向けられる。引き金が引かれる直前、身体を大きく右に倒す。

銃弾が耳のすぐ横の空気を切り裂いて後方へと流れる。と同時に、背後から発砲音が響いた。

彩虎の右腕が衝撃に跳ね、銃が宙に飛んだ。零飛が援護射撃をしてくれたのだろう。

蒼は深く身を沈めてから、地を蹴った。彩虎へと飛びかかる——新たな銃声が鳴った。

滞空状態にある蒼に、斜め前から飛んできた銃弾を避けることは不可能だった。

胸元に、衝撃と熱を感じた。

零飛が自分の名前を叫ぶのを聞く。

それは、まるで激しい痛みを感じている人間の叫びのようだった。

でも、そんなはずはない。零飛の心はほとんど痛みを感じないのだし、そもそも自分のことなどで痛みを感じるはずがない。

意識がふわりと放り出される。

ついにこの時が来たのだと蒼は思う。

零飛に初めて抱かれた晩、東方明珠塔を眺めながら考えていた。高架道路の果てから落ちていく車……いま、その車のなかに蒼はいた。

闇を落下していく。

第三章　夢ノ都

1

彩虎《サイフ》に撃たれたとき、もう、どうなってもいいと思った。

落下して、砕けて、すべてが終わりになって……それでいいと思った。

——そのほうが、よかった。

焦点の合わない目で見覚えのないシャンデリアのぶら下がる天井をぼんやり眺めながら、蒼《ツアン》は口元を歪めた。

ここがいったいどこなのかも、すでに興味がなかった。

もし零飛《リンフェイ》のもとだったとしても、嬉しくない。自分は張《ジャン》のような存在にはなれないだろう。だから、ここが零飛のところだったとしても、それはまた零飛との関係の終わりへのカウントダウンの開始にすぎないのだ。

彩虎に捕らわれたのだとしたら、おそらく零飛や千翼《イーチェンバン》幇の情報を拷問で搾り出されて、それから殺されるのだろう。

「……もう、なんでもいい。早く、終わりにしてくれ」

呟く。

なにもかもが面倒で、深い泥のなかにでもいるような心地だった。このまま底まで沈んでいけば、はぐれた家族とふたたび逢える気がする。自分もまた写真のなかだけで幸せそうに笑う存在になって……。

バタンと扉の開く音がして、蒼の意識は夢うつつの空想から現実に引き戻された。

足音のするほうをのろりと見る。ふいに焦点が合ってはっきり見えたのは、黒く塗られた爪だった。

「調べさせてもらったぜ。おまえ、朱月《シュウユエ》の兄貴なんだって？　道理で似た顔なわけだ。驚かせやがって」

零飛とは違って裏の世界だけで生きてきた者特有の獰猛《どうもう》な空気を、彩虎は纏っている。黒地のシャツに黒いスラックスというでたちが、彼の本性によく合っているように感じられた。

「あんただな？　朱月をビルに連れ込んだのは」

濁った声で、蒼は尋ねた。彩虎がニィッと嫌な笑みを浮かべる。

「この俺が見初めてレストラン通いしてやったってのに、あの女、黒社会の男は嫌だと抜かしやがった。けどな、女なんて身体に教え込んでやりゃ、自分から下着を脱ぐようになるもんだ。せめて、夜景の綺麗な場所でヤってやろうとしたのによ」

蒼はベッドから跳ね起きた。彩虎の喉仏に拳を入れようとして、けれども激しい眩暈と吐き気にカーペットへとくずおれる。

「おまえんなかの血は、延命ギリギリの量にしてあるんだよ。下手に暴れると、ショック死するぜ」

胸に包帯を巻かれただけであとは裸の自分の身体を、蒼はぼうっと見る。まるで蠟《ろう》のような皮膚の色だ。

彩虎は目の前にしゃがみ込み、蒼の顎を摑んできた。

「しっかし、綺麗な顔してんな。朱月と同じ系統の俺好みの顔だ」

下卑た舌なめずりをするさまは、その名のとおり、虎のようだった。血に餓えた虎だ。

「朱月でできなかったことを、おまえでしてみるのもいいかもしれねぇなぁ」

言いながら、彩虎は蒼の喉笛に嚙みついてきた。嚙んでから、舐めまわしてくる。ゾッと鳥肌がたつ。引き剝がそうとするのに力が入らない。ベッドに背を凭せかけるかたち、裸の脚を押し開かれる。乱暴な手つきで脚のあいだをまさぐられた。

「……っ、や、めろ！」

声を振り絞る。

「朱月を殺した手で、俺に触るなっ！」

彩虎は親指をグリグリと窄まりに押し当てながら、顔を上げた。

「人聞きの悪いことを言うな。俺は殺しちゃいねぇよ」

指の先が体内にはいってくる。

「あの女は、自分で勝手に飛び降りたんだ。こんなことをされたくなくてな」

「……っ、ああ」

一気に根元まで、太い親指を押し込まれて、蒼は声を上げた。頭がぐらぐらする。血が足りないせいなのか、息が苦しくてたまらない。

「へぇ。結構、いい具合じゃねぇか。まぁ、どうせ、あの零飛の第二秘書ってことは、こういうことの相手をしてたんだろ、ああ？」

——……零飛。

目を閉じれば、最後と思って目に焼きつけた姿が浮かぶ。鮮やかな眸。激しい風に乱される黒髪。高く通った鼻梁に、品のよさを感じさせる薄い唇。ヘッドライトに照らされた闇に佇む長身。

もう、彼の傍に戻ることはないのだろうか？　名前を呼ばれることも、キスされることも、あの昏い花の匂いに抱かれることも、二度とないのだろうか？

涙が、閉じた目から溢れる。そして、呟いた。

「……せ」

「ん？」

耳の下のやわらかい肌を噛みながら、彩虎がくぐもった声で訊き返してくる。

「ころせ……殺せよ」

親指に、ぐちぐちと体内を捏ねまわされている。

「言われなくたって、犯すだけ犯して、訊くこと訊いたら、殺してやるさ」

「っ、う、ぅ」

いくら息を吸っても酸素が肺にはいってこないかのような苦しさに、絨毯を爪で掻き毟る。目を開けようとすると、激しい眩暈がする。遠くで、カチャカチャとベルトを外す音、そしてファスナーを下げる金属音が聞こえる。

膝の裏に手がはいってくる。

脚のあいだに硬いものが押しつけられる感触に、蒼は目を見開いた。

「……あっ」

体内に男がめり込んでくる。必死に窄まりに力を込めて、押し出そうとする。感覚の半分なくなっている腕で、男を押し退けようとする。床に身体が仰向けになるかたちで転がった。先走りだけの潤滑で、亀頭が侵入してくる。

彩虎はいかにも興奮しているらしい様子、赤い顔をして蒼に覆い被さってきた。もがく蒼を押さえつけて、腰を突き上げようとする。けれども蒼の身体は男にそれ以上の侵入を許さず、ギュッと閉じた。

「焦らしやがって」

舌打ちして、彩虎は蒼の脚を左右に押し開いた。体重をかけてペニスを捻じ込まれると、少しだけ繋がりが深くなる。

「や、めろっ！　っく、ぅ」

男を吐き出そうとする内壁の蠢動が、侵入者に快楽を与えたらしかった。

彩虎がかすかに呻いて、忙しなく腰を動かしだす。

「ああ――朱月、朱月」

その上ずった呻きが、ともすれば靄のかかりそうになる蒼の意識に火花を散らした。それは、激しい怒りの感情だった。

この行為に屈することの意味を、蒼は知る。

――……させない。

自分を犯すことは、彩虎にとって、朱月を犯すこととイコールなのだ。

妹が自身の命を懸けて守ったものを、彩虎に奪わせるわけにはいかない。

――朱月は、絶対に汚させない！

力強い確かな瞬きを、蒼はした。

――あの夜は守ってやれなかったけど、今度は守る。

彩虎が浅い繋がりのまま激しく腰をまわしてきた……もしこの相手が零飛だったら、こんな乱暴な行為ですら、おそらく自分は勃起してしまっていただろう。でもいま、快楽など欠片も

なかった。冷たい憎悪と深い怒りだけがある。

痺れている手をグッと握り締めて、掌に深く爪をたててから開く。少しだけ、感覚が甦る。

蒼は左腕で彩虎の頭を抱くようにして、右手を彼の喉元に滑らせた。

「……っ、ん？」

熱い男の喉を探り、頚動脈と気管を押さえる。

繋がっている彩虎の身体がビクンと震え、みるみる力を失っていく。

気を失った重い肉体の下で身動ぎする。刺さっているペニスを抜いて、彩虎を床に転がす。

動けるようになるまで、少し時間がかかった。体温も血圧も異常に下がっているのだろう。

寒くて、ガタガタと身体が震える。

——殺すのは、いまがチャンスだ。

妹を死に追いやった男の命は、目の前にある。このチャンスを自分は求めつづけていた。

ぐらぐらする視線であたりを見まわすが、ナイフや銃は見当たらない。かといって素手で絶命させるだけの力がいまの蒼にあるかは、かなり疑わしい。

下手をすれば、首を絞めている途中で彩虎は目覚め、殺し損ねたうえに犯されることになる。

狙ってきた命を凝視しながら、蒼は歯噛みする。

成功するか失敗するかは、五分の賭けだ。力のはいりきらない手を男の首へと伸ばしかけた
蒼は、しかし新たな強い迷いに囚われる。

――……この男を殺したら、零飛との契約は完全に終わる。

零飛と自分を繋ぐ細い糸。

彩虎を殺して望みを叶えてしまえば、それを断ち切ってしまうことになる。

彩虎を殺し損なえば、自分は殺されるだろう。零飛と二度と逢えなくなる。

「………」

手が宙でぶるぶると震える。

そして、虚空に拳を握り、落ちた。

蒼は服が乱雑に投げかけてある椅子まで這った。自分の血の匂いのする服を身に纏う。とても戦闘できる身体ではない。人目のある邸内を避けて、窓からベランダに出た。撃たれて気を失っているあいだに上海に連れてこられたらしい。あたりを眺め、ここが高級住宅街・古北《クーペイ》だと知る。

この二階のベランダから飛び降りることは可能だ……いつもの蒼なら、容易いことだった。

頼りなく震えている手や膝に、舌打ちする。

彩虎の言ったとおり、下手をすると極度の貧血から心臓が止まりかねない。

――……零飛。

もし、ここから生きて逃げ出すことができたとしたら、もう一度零飛に逢うことができるだろうか？

逢って、どうなるものでもないことはわかっている。
それでも、もう一度だけでいいから、逢いたいと願う。
闇に、美しい彼の姿が透けて見える気がした。
蒼はベランダの手摺りから、深夜の庭へと飛び降りた。

2

「正直、俺はものすごく怒ってる」

その言葉が嘘でないどころか、いくぶん控えめな表現であることは、彼の男らしい顔が紙のように白くなっているので知れた。

「こんなことになるって知ってたら、あの浦東《プートン》で見つけたとき、首に縄つけてでも連れて帰った」

消毒液の匂い。白い壁。白い顔をした友人。視覚がおかしくなっているのかと思うほど、色相が落ちて見える。

「やっぱり、黒社会なんかに関わって、ロクなことはないんだ……俺は耿《ガン》零飛を企業人として尊敬してたけど、奴も所詮、どっぷり黒社会の人間だったんだな。おまえをこんな目に遭わせてっ」

「……っ」

腕に打たれている点滴のなかに睡眠薬でもはいっているのだろうか。眠くてたまらない。

カサカサに乾いた唇を舐めて、蒼は呟いた。

「違うんだ……零飛は、悪くない」

「蒼、いい加減にしろよ！　古北の電話ボックスでおまえを見つけたとき、俺がどんな気持ちだったかわかるか？　……また、なにもできずに失うのかと思った。朱月のときみたいに――」

暁《シャオ》の目に涙が浮かぶ。

「もう、これ以上、俺に失わせないでくれ」

「……暁」

暁の痛みが伝わってくる。

あの夜、彩虎の邸《やしき》の塀を乗り越えた蒼は、意識が朦朧としたまま足をもつれさせながらもなんとか逃げきった。そして辿り着いた電話ボックスに倒れ込むようにはいったものの、心臓が苦しくて、息ができなくなった。視界には濃い靄がかかっていた。零飛に逢いたかった。

……けれども指が覚えていたのは暁の家の番号だった。電話をかけてすぐに蒼は意識を失ったが、暁は捜し出してくれた。血まみれの服を着て、死人みたいな顔色で電話ボックスの床に倒れている友人を見つけたとき、暁はどれほどショックを受けただろう。

ひどく申し訳なく思う。

けれども同時に、自分にもこんなふうに泣いてくれる人がいることが、少しだけ嬉しかった。

三日間の入院ののち、蒼は暁の家に身を寄せた。

彼の両親は温かく蒼を迎えてくれて、息子がふたりになったみたいだと楽しげだった。暁はしかし、同じ部屋で寝起きしながら、どこか蒼を監視しているふうだった。蒼がふたたび黒社会へと、耿零飛のもとへと走らないか懸念しているのだろう。

正常な世界が、ここにはあった。

ここにいれば、上海《シャンハイ》は魔都などではない。ただの生活の場だ。東方明珠塔《とうほうめいじゅとう》は観光客の目を楽しませる奇抜な建物にしかすぎない。耿零飛は手の届かない場所にいる特殊な人間で、自分などにはまったく接点のない存在だ。

この手はまだ殺人を犯していない。

老師の下に戻ることも可能だ。そうして、また子供たちに武術を教えて日々を送っていく。朱月の仇を討つことを諦めて、零飛とのことなどなかったことにして、穏やかに、分相応に生きていく。そんな生き方に、いまならまだ戻れるのだ。

「朱月の葬式のあと、すぐにこうして蒼をここに連れてきてればよかったんだよな」

暁の眸は、このところずっと曇っている。ひどくつらそうな表情で、蒼を見る。

「そうすべきだって、本当はわかってたんだ……でも、俺は朱月のことを好きだったから、おまえの顔を見てると、どうしてもつらくて」

彩虎がそうだったように、暁もまた、この顔に朱月の面影を見ている。

明け方、暁がじっと自分の寝顔を見ていることがあるのを蒼は知っていた。情の篤い彼がとても複雑なつらい気持ちを味わっているのは、想像に難くなかった。

――そろそろ、出ていかないといけないな。

暁の心の傷をこれ以上刺激するのはよくない。

この正常な場所を出て、ひとりぼっちの世界に戻らなければならない。

――……零飛。

零飛と繋がっていたいあまり、妹の仇を討てなかった。

零飛にもう一度逢いたくて、必死で彩虎のところから逃げ出した。

心も身体も、零飛に埋められたがっている。零飛にしか埋めることができないと感じる。

恋愛感情というよりは、生存に関わる激しい飢餓感だった。

これを身の内に飼ったまま、ひとりで生きていかなければならないのだろうか？

それは終わりの見えない拷問を身に受けるようなつらさだった。


「今晩、東方明珠塔で『祝賀ショー』があるんだ。蒼も行くだろ？」

暁が暗い気分を振り払って、盛り立てる口調で誘ってくる。

常ならば、十二月三十一日から一月一日への西暦による年越しはこの国では大して重要視されない。せいぜい学校や会社が一日休みになるぐらいで、一月二日からは通常どおりの生活となる。お祭り騒ぎは一月末から二月に訪れる春節――旧正月と決まっている。

けれども、今年は特別だった。

「ミレニアムかぁ。いいよな、夢がある響きでさ。ショーもきっとすごく盛り上がるぜ」

暁がワクワクした様子で言う。

西暦二〇〇〇年という新たな一千年紀を迎えるにあたって、上海全市をあげて十二月から祭ムードは高まっていた。

「……俺はいいよ。やめとく」

東方明珠塔のある浦東地区に近づく勇気が、蒼にはなかった。あの地区には零飛との記憶がこびりついている。

夜になって、暁はバイクに乗って『大ミレニアム祝賀ショー』を観に出かけていった。暁の両親も出かけてしまっていたので、マンションには蒼ひとりだった。

リビングのソファにぽつんと座って、コップに注いだ白酒《バイチュウ》で唇を湿らせる。

点けたテレビを見るともなくぼんやり眺めている。

ときおり聞こえてくる千年という言葉に、ふと記憶を呼び起こされた。

『応龍が、どのようにできるか、知っていますか？』

セックスのあと。

脚から腰に巻きつく龍を見下ろしながら、零飛が尋ねてきた。蒼が知らないと答えると、「述異記《じゅついき》」からの引用で教えてくれた。

『蛟《みずち》、千年にして龍となり、龍五百年にして化して角龍となり、千年にして化して応龍となる』

要するに、応龍になるまで二千五百年かかるわけだ。紀元からこちらまでの歳月では、まだ応龍にはなれないことになる。

『気が遠くなる話だな』

行為の疲労でぐったりして夢うつつの状態、蒼は呟いた。呟きながら、美しい応龍の翼を撫でる。

『……ひとりで過ごすには長すぎる年月ですね』

零飛がまるで寂しがるような声で言う。

あの時、言いたかった。

俺が一緒にいてやる。

そう言いたかったけれども、言えなかった。

零飛はたぶん、ひとりは嫌なのだろうと感じた。けれども彼に添えるような愛人はいなくて、だから三ヶ月で入れ替わるのだ。

……そして自分もまた、三ヶ月で飽きられ、捨てられるのだろうと思った。

——結局、三ヶ月ももたなかったけどな。

アルコール度数の高い酒に唇が火照る。寂しさも惨めさも、酒で消してしまいたかった。

新たな白酒をコップに注いで、呷《あお》ろうとしたときだった。

突如、激しい爆竹の破裂音が大気を劈《つんざ》き、リビングの窓がパァッと白く染まった。蒼は立ち上がり、ベランダへと出た。

空では打ち上げ花火が、地では爆竹が、眩しい光を放っている。

まるで旧正月が前倒しにやってきたかのようで……。

去年まではこんな喧《けたたま》しい爆竹や華やかな花火を、朱月とともに笑顔で楽しんでいたことを思い出す。

――でも、俺はもう、ひとりだ。

零飛は、いま、どうしているのだろう？

ひとりでいるのだろうか？

それとも、もう新しい誰かといるのだろうか？

自分を包む煙臭い真冬の大気は、あまりに冷たい。


ミレニアムにはいって最初の日曜日、高級マンションにある暁の家では、朝から明るい挨拶が飛び交った。

四歳になる娘を連れて、暁の従姉夫婦が遊びに来たのだ。

親族の集まりに混ざるのはさすがに邪魔だろうから外で時間を潰してくると蒼は申し出たの

だが、暁に子供の遊び相手をしろ、と引き止められた。

丸い赤い頬をした女の子はピンク色のひらひらした服を着せられていて、可愛いものだった。リビングのソファに輪になって座っている大人たちの周りをはしゃいで歩きまわる。大人たちは子供の無邪気な様子に、自然笑顔を引き出されていた……ただし、若い母親を除いて。

ひとりっ子政策という規制のなかで授かった大事な一人娘であるにしても、彼女の子供に対する反応は過剰だった。

子供がころりと転ぶたびに飛んでいっては、どこにも怪我がないか丁寧に確かめるのだ。子供はクスクス笑っているのに母親は青い顔をしていて、奇妙な感じだった。

「おにぃちゃん」

女の子は蒼のことが気に入った様子で、膝に乗ってきてニコニコと見上げてくる。子供の小さい手が、蒼の前髪を摑んだ。ちょっとだけ引っ張りながら、尋ねてくる。

「ねー、イタイ?」

「痛くない」

笑いながら、蒼は答えた。女の子はちょっと考える顔をして、それからぐいっと髪を引っ張ってきた。

「じゃあ、これは?」

「痛い痛い。ダメだよ、こういうことしちゃ」

女の子の手を髪から離させながら、言う。

「ふぅん。おにぃちゃんは、ちゃんとイタイんだ」

まるで不思議なものを見るような表情をする。蒼は、ふと眉を寄せた。

子供の小さな手を見つめる。その指の先……。

「蒼、ちょっと」

蒼の顔色が変わったことに気づいた暁が肩を叩いてくる。子供を膝から下ろして、蒼は暁とともに台所へと移動した。

「あの子の爪、どうしたんだ？」

子供の小さな右手、爪があるのは二本の指だけだったのだ。

暁が声をひそめて答える。

「先天性無痛症なんだよ。あの子には、痛みを伝える痛覚線維が、生まれつきないんだ。痛みを感じないから、爪が剥がれても気がつかない」

「……だから、お母さん、あんなに神経を尖らせてるんだ？」

「ああ。あの病気の子は痛みを感じないから、怪我や病気に気づかなくて手遅れになることが多いんだよ。手足の切断を繰り返して、大人になれずに死んでいく子も多い。本人は痛くないからニコニコしてるけど、親はたまらないだろうな」

蒼は、睫を伏せた。

耳の奥に告白が甦る。

――あの十二年前の夜、泣く機能など壊れてしまったんでしょう。泣く以前に、心も身体もほとんど苦痛を覚えない。

「痛みなんて、なければいいって思ってたけど、あの子がそういう病気だって知ってから、俺は考えを変えたんだ。痛みは、人が生き延びていくのに、とても大切なものなんだな……心の痛みも身体の痛みも、必要だから、痛いんだ」

考えていた。考えてしまう。

――傍にいて、なにが痛いことなのか教えたい。零飛の心や身体が知らないうちに傷ついて削《けず》れてしまわないように……。

零飛がそんなことを自分に望むとはとても思えないけれども。

零飛の夢を見ていた。

あの水郷地帯の村の、生まれ育った古びた家の荒れた庭、零飛が木蓮の木の下に立っている。彼の頭上では花が咲いていて、風が花弁を大きく揺らす。彼の纏う白い長袍の裾が、鮮やかな黒髪が、風に翻る。

とても長閑で美しい絵だ。

その白い背中に生えている、ナイフの柄さえなければ。

零飛の背中には一本のナイフが深々と突き刺さっていた。けれども、彼はそれに気づかないで、花を見上げている。

蒼は一生懸命、零飛の名を呼んだ。怪我をしていることを、なんとか教えたかった。

ごぷりと血が、ナイフの柄の付け根から噴き出す。噴き出して、長袍の白を赤く染めながら垂れていく。

彼へと必死に手を伸ばす。

「……零飛っ！」

宙に手を伸ばしながら、蒼は床に敷いた寝具のうえ、バッと起き上がった。

冷たい汗が額を濡らしている。唇が震えていた。

早朝の白い光が、カーテン越しに部屋を染めている。深く溜め息をついて――蒼は視線を感じ、目を上げた。

ベッドのうえに上半身を起こして、こちらを凝視している暁と目が合う。夢を覗き見られたような気がして、ドキリとした。

「あいつのことが、そんなに気になるのか？」

ぼそりと、暁が言う。

「なんのことだ？」

蒼は素知らぬふりをする。心臓の動きが速い。

「蒼、おまえ、あいつと——耿零飛と、本当はどういう関係なんだ？」

「どういうって、だから俺はあの人の秘書兼ボディガードで……」

さらりと答えて流そうとすると、暁がベッドから下りて、蒼の寝具へと膝を落としてきた。正面から睨まれる。

「それでどうして毎晩、あいつの名前を呼ぶんだっ？」

「毎晩なんて……呼んでない」

「呼んでる。せつない声出して——まるで恋人を呼ぶみたいに」

「……」

半月のあいだ寝食をともにして、暁はいつからか気づいていたのだ。零飛と蒼が特別な関係にあること、おそらく肉体関係があることまでも。

「蒼」呼びかけながら、暁が手を伸ばしてくる。

「俺は黒社会の奴から、蒼を守りたいんだ」

首筋に熱い掌で触れられて、蒼はビクッと身体を竦めた。暁の眸に、なにか違う色を見る。熱と悲哀が深く混ざっている。

——これは、朱月を見る目だ。

性別も体格も違うし、顔が瓜二つというわけでもない。けれども、暁のなかの朱月への想い

をなまなましいものにするのには十分なほど、自分と朱月は似ているのだ。

「武術の腕は俺のほうが立つ。守ってもらわなくていい」

暁の手を首から剝がそうとするけれども、逆にぐいと引き寄せられる。熱に浮かされたような眸が間近にあった。

「……許さない。黒社会の人間に惹かれるなんて、絶対に許さない」

暁がわずかに睫を伏せて、顔を寄せてくる。

蒼はビリッと眉を震わせた。

「俺は、朱月じゃない！」

きっぱり言って、今度こそ暁の腕を摑んで首から手を引き剝がした。腕をぐっと捻ると、暁が呻き声をあげる。その痛みで我に返ったようだった。暁は深く項垂れて、そして訴えてきた。

「すまない、俺は――でも、本当に友人としても嫌なんだ。おまえが黒社会に堕ちるのを見たくないんだ」

3

「公団に帰る？」

昼食の手を止めて、暁が鸚鵡《おうむ》返しに尋ねてきた。蒼は頷く。

「傷もだいぶよくなったしな。本当に世話になった」

「……今朝、俺が変だったせいか？」

しっかりした顔立ちには後悔の痛々しい色がある。

「そうじゃない。でも、これからどうするか、ひとりでしっかり考えたいんだ」

「ひとりであの家に戻って、つらくないのか？」

写真だけになってしまった家族。人けのない、寒々とした家。そこに帰ってつらくないわけがない。

「それが俺の現実なんだから、受け止めないとな」

表情と口だけで、軽い明るさを装う。

暁の口元も少しだけ綻んで、いつもの強さのある声で言ってきた。

「もし老師のところに戻るつもりなら、俺も口添えする……一緒に説教受けてやるよ」

「ありがとう」

公団に戻って、老師のもとに戻って、正常な生活に戻って——それが一番、間違いのない選択なのは明らかだ。

感情の大部分が死んでしまったようないまなら、戻れる気がした。

以前のような、朱月の死に対する気が狂いそうな苦しみはない。

零飛のことも、こうして普通の生活に戻ってみれば、彼がどれほど手の届かない高みにいるのか実感せざるを得ない。彼の夢を見て胸を痛めることしか、自分にはできないのだ。

昼食後すぐに公団のほうに戻ろうと思っていたのだが、暁が夕食までいろと言い、また蒼としても彼の両親に世話になった礼をきちんと言いたい気持ちもあったので、夜まで暁の家にいることにした。

暁は午後の大学の講義をさぼって、一緒にいてくれた。

暁が自分より朱月に多く気持ちがあるだけで、決して自分のことをないがしろにしているわけではないとわかっている。友人として本気で心配してくれているのは伝わってくる。

彼と思い出話だとか他愛もない話をすれば、心が少し安らぐ。

ちょうど、時計が三時を指したときだった。玄関のチャイムが鳴った。

「……誰だろ。ちょっと見てくるな」

暁の家は上海の多くの家庭がそうであるように夫婦共働きなので、昼間は両親とも不在だ。

暁がひょいと立ち上がって、部屋から出ていく。

絨毯に寝転んだまま、蒼はふっと溜め息をついて、窓へと目を向けた。

濁った重い水色の空。雨は降りそうで降らない。湿気を含んだ強い風がガタガタと窓を鳴らしている。

部屋にひとりになってまだわずかしかたっていないのに、無性に寂しい気持ちが胸に広がっていた。

と、ふいに暁の怒鳴り声が響いた。

「なにしに来たんだよっ！　……待て、勝手にはいるなよ、おいッ」

蒼は上体を跳ね起こした。

争うような足音がリビングを抜けて、近づいてくる。蒼は目を見開いた。

部屋の入り口に現れた男。

肩に軽くかかる長さの、綺麗に後ろに流された黒髪。鮮烈な光を宿す漆黒の眸。整いすぎているぐらいに、整った容貌。黒いロングコートの下には、スリーピースのスーツを纏っている。

「……零飛？」

ほかの誰とも見間違いようのない人だったけれども、蒼はあまりの驚きに、問い掛けるように彼の名前を呼んだ。

「蒼、道草が過ぎます」

零飛が綺麗な笑みを浮かべる。

「ふざけるな——蒼をあんな目に遭わせておいて、また連れてくつもりなのかっ？」

暁が部屋に飛び込んできて、零飛を睨みつけた。

「彼に怪我をさせたのは、私の落ち度です。すみません」

零飛が頭を下げて謝る。予想外の反応だったのだろう。次に口を開いたとき、暁の勢いは半減していた。

「……謝ってすむ問題じゃないだろ。と、とにかく、蒼は連れていかせない」

「ですが、私と彼との契約はまだ終わっていないんです。私には彼の願いを叶える義務がある。相応の代償を受け取っていますから」

零飛が、自分の目の前にいる。

触れられる場所に、立っている。

蒼はその事実を、事実として受け止めることができないでいた。

「いらっしゃい、蒼」

零飛が立ったまま、こちらに掌を差し出す。

気持ちがついていかないままに、蒼はゆらりと立ち上がった。

「ダメだ、蒼、黒社会の奴なんかに関わるな！」

暁の手が届くより一瞬早く、零飛の腕が蒼を抱き寄せた。

もう二度と嗅ぐことはないと思っていた香い花の匂いに包まれる。その匂いに、感情が刺激された。

死んだようになっていた心が、ふたたび大きく動きだす。この人がいないと、生きてても、死んでるのと同じなんだ。

――……この人がいないと、俺はダメなんだ。

溢れてきた感情は、とても痛くて、でもとても生き生きしていた。

「いつものように、キスしてくれますね？」

零飛が耳元で囁く。

頭の奥が痺れたようになって、蒼は零飛の髪に両手を滑らせた。頭を抱えて、唇に唇を押しつける……背後で、暁が小さく声をあげるのを聞く。

唇を離すと、零飛が要求してくる。

「もっと、いつもみたいなやり方で」

暁の前だということは、頭の隅にあった。けれども、零飛に求められているという悦びが理性を凌駕する。

受け入れるために少し開いている零飛の唇に、蒼は露わにした舌を挿し込んだ。舌を伸ばして、やわらかな口腔を辿る。

焦れたように舌を嚙まれて、食まれた。

「ん……んっ、んん」

喉が恥ずかしい音で鳴る。

零飛の肩にしがみつく。腰をきつく抱かれながら、もう片方の手に服のうえから身体をまさぐられる。シャツの裾から掌が滑り込んできた。包帯を巻いた胸を辿って、その隙間から指が侵入してくる。左の乳首を指先で摘まれ、コリコリといじられる。

「っ、ふ」

こんな友人の姿を、暁はどう見ているのだろう……そんな不安と羞恥が泡のように浮かんでは、快楽に弾け飛ぶ。

胸と唇の快楽で、ジーンズの下腹は突っ張っていた。胸から降りてきた手がそこをそろりと包めば、腰がビクビクと震えてしまう。

心も身体もどろどろに甘く蕩けたころ、行為は終わった。

蒼を支えるように抱き締めながら、零飛が暁に言う。

「蒼を助けてくれたことは感謝しますが、彼は返してもらいます」

優しく髪を撫でられる。

ハッと我に返ったような声で、暁が怒鳴る。

「蒼を間違った世界に引きずり込むなっ！」

零飛はそれに芯のある声で返した。

「たとえ間違っていても、なにを選ぶかは蒼に権利があります。そして彼は、君ではなく私を

選んだ。それだけのことです」


暁の家から連れ出された蒼は、マンション前に停まっていたキャデラックの後部座席に乗せられた。車が走りだす。

「……あんたが迎えに来るなんて、考えてもみなかった」

まだ頬が熱い。頭もぼうっとしている。

ぼんやりと本音を呟くと、零飛が少し機嫌の悪そうな声を出した。

「私も、まさか君が帰ってこられる状態なのに帰ってこないとは、思ってもみませんでした。

捕獲した彩虎から君はとっくの昔に脱走したと聞いて、正直、非常に腹が立ちました」

彩虎という言葉に、蒼は思わず身を硬くした。

半端なかたちではあるが、あの男に侵入されたことがふいになまなましく思い出されたのだ。

——彩虎を捕獲したって、まさか……聞いたのかな。

いたたまれない疑念が浮かぶが、それを直接零飛に訊く勇気はなかった。黙り込んでしまう
と、詰るように尋ねられた。

「どうして、すぐに私のところに戻ってこなかったんですか？」

「……戻っていいって、思えなかった」

「彩虎が生きている以上、君には私のところにいる権利がある」

――そうだよな。迎えに来てくれたのは、約束が果たされてないからだけなんだよな。

あの時、彩虎を殺さなかったから、この再会はあるのだ。もし彩虎を殺していたら、零飛はこんなふうに迎えに来たりしなかったのだろう。

自分が零飛がいなくては生きている意味がないのだと実感しているいま、それを再認識するのはつらかった。

冷静になって考えてみれば、キスを求めたのも、ただ友人の前で恥ずかしいことをさせる戯れにすぎなかったのかもしれない。あるいは、道草の罰か。

彩虎の邸から逃げ出したときはただもう一度零飛に逢えればいいと思ったのに、こうしていざ逢うことが実現すれば、やはり叶わない願いを抱いてしまう。

横にいる人のことが、変になるぐらい、好きでたまらない。

その人に滅茶苦茶にしてほしいと望んでしまう。

傍にいたくて……必要とされたいと切望する。

――身のほど知らずな。

自嘲の表情を浮かべながら、蒼は窓の外に目をやった。夕暮れ時の新天地は、身綺麗にした若者で賑わっている。

キャデラックは、例の劣化ドラッグで問題が起きた店の前で停まった。

「君にプレゼントがあるんです」

そう言いながら降車した零飛について店にはいると、今日はフロアには行かず、直接地下の食材貯蔵庫へと向かう。そこでは黒いスーツを着た、新天地を仕切る陳《チャン》がパイプ椅子に座って煙草を燻《くゆ》らせていた。

陳は零飛の姿をみとめると、立ち上がって、慌てて煙草を床に落として靴で揉み消した。

「まだ、ちゃんと息はあります」

そう報告しながら、貯蔵庫のさらに奥の扉の鍵を開ける。

ぷんと血の匂いが、した。

「この店では、ここで豚や鶏を屠《ほふ》って、新鮮な食材で料理を提供しているんです」

零飛は説明しながら、血を洗い流しやすいように設えられたタイル張りの床を進んでいく。

けれども、いま漂っているものは、豚や鶏の血の匂いではなかった。

部屋の中央に置かれた大きな作業台のうえに、ひとりの男が大の字に括りつけられている。

「……彩虎？」

気絶している彼の口には舌を噛ませないためだろうか、タオルが突っ込まれ、うえから猿《さる》轡《ぐつわ》がきつく巻かれている。その下腹部の出血が着衣をどろりと濡らしているのが、やたらに白い蛍光灯の光に照らし出されている。

「これ、は——」

「ああ。君にいやらしいことをしたと自慢するので、罰したんです。二度と、そういうことができないように」

目にしている光景も衝撃的だったが、零飛に彼以外の男を受け入れたことを知られていたのもショックだった。

「それとも、彩虎ともう一度したかったですか？」

顎を掴まれて、醒めた目で覗き込まれる。

「そんなわけ、ないだろ」

答えると、苦いような笑みが肉薄の唇に浮かんで、消えた。視線を逸らして、尋ねてくる。

「この男の腕の刺青を、もう見ましたか？」

「見てない」

「そうですか。見せてあげましょう」

言って、零飛はコートの内側へと手を滑らせた。ナイフが現れる。大きな足取りで作業台に寄ると、零飛は彩虎の右腕に刃を当てた。ザーッとシャツの布地を切り裂く。

鮮やかな緋牡丹が、そこに咲いていた。

「そういえば、君にまだ話していませんでしたね」

横に立った蒼に、零飛は低い濁りのない声で話しかけてきた。

「私の母を自殺に追いやった男の腕にも、緋牡丹の刺青があったんです。そして、こんな黒い爪をしていた」

「……え？」

蒼は零飛の顔を見上げた。

「彩虎が？　でも、年が――」

「もちろん彩虎ではありません。彩虎の、父親です。どんな偶然だろうと思いましたよ。君の妹さんが緋牡丹の刺青のある黒爪幇の男に殺されたと聞いたとき」

「……」

緋牡丹を見つめたまま、零飛の睫がわずかに揺らぐ。

「あの時、苦しそうに泣く君を見て、知ったんです。愛する身内を殺されることが、どれほど耐えがたい痛みなのか――泣くべきことなんだと、教えられた」

深い想いを内包した声音だった。

「母の仇は父が討ちました。君は妹さんの仇を討てばいい。願いを叶えればいい」

ナイフが手に滑り込んできて、蒼は反射的に柄を握り締めた。

視線を翻して、彩虎を見つめる。

妹を死に追いやり、自分に無理やりはいってきた男だ。視界の端でナイフの刃が青みのある光を放つ。

――俺の願いは……。

ゆっくりと手を振り上げた。刃の放つ光が、浅い弧を描いて鋭く落ちていく。

肌にめり込む光。失神している彩虎の身体が大きく跳ねる。

深く刺した柄の付け根から、血がごぷりと溢れ出す。

緋牡丹に突き刺さったナイフから、蒼は手を離した。

「零飛」

見上げながら、告げる。

「俺は、彩虎を殺さない」

零飛が訝しむ表情をした。

分をわきまえない勘違いな奴と嘲笑されるかもしれないと覚悟しながら、蒼ははっきりとした口調で言った。

「俺はいま願いが叶えられないことを選ぶ。いつか叶える日まで、あんたの傍にいる。傍にいて、俺があんたの感じにくい痛みを——心の痛みも肉体の痛みもしっかり感じて、教えてやる」

黒い眸が気持ちを推し量るように覗き込んでくる。

しばらくの沈黙ののち、零飛は尋ねてきた。

「私の痛覚になってくれるということですか？」

「ああ。誰にも、なににも、あんたを壊させない」

緊張を孕んだ声でそう答える。

零飛は考えるような顔をしていたが、ふっと微笑を浮かべた。

「そうですね。君なら、できるかもしれませんね。酷似した体験をしているのですから……そういう符号の一致を、運命と呼ぶのかもしれない」

最後は、ひとり言のような呟きだった。

それから強い声に戻って、尊大な彼らしく言ってきた。

「わかりました。それが君の願いなら、叶えましょう」

上海の高みにあるマンションのリビングルーム、その大きな窓から夜闇に沈んだ空と地上を眺めている。

あまりに遠くて二度と戻ってこられないと思った場所に、佇んでいる。これが本当に現実なのか誰かに尋ねたいけれども、いま部屋には蒼しかいなかった。新天地の店を出てから蒼をこのマンションに送り届けて、零飛は仕事を片づけに浦東へと戻っていってしまったのだ。

室内へと振り返り、ゆっくりと視線を流す。部屋自体やソファセットは洋風だが、棚などは骨董の明代調家具で調えられていて、折衷の趣だ。

家具の選び方のせいかもしれないが、こうして改めて眺めると、どこかあの水郷の村の家を彷彿《ほうふつ》とさせる。

――零飛には、この部屋は、こんなふうに見えてたんだ……。

以前は金をかけたセンスのいい空間としか見えていなかったものがいま、なつかしい温度を伝えてくる。庭の草いきれの匂い、水の音、石造りの床の感触。

零飛のことを知っていけばその分だけ、こんなふうにリアルに世界を共有できるようになるのだろうと思う。

そうでありたいと、願う。

蒼は部屋を出ると、なんとなく洗面所を覗き、浴室を覗き、それから寝室を覗いた。すべてが以前と同じことにホッとしてベッドに腰を下ろして……無意識のうちにほかの人間の影がないか見て歩いたのだと気づく。

零飛と肉体関係がなくなってから一ヶ月以上たつ。

蒼がここで寝起きをともにしていたあいだ、零飛は確かにほかの誰とも関係を持たなかった。しかし、離れていた半月間のことはわからない。

――でも、もし零飛が誰かと関係を持ってても、俺に意見する権利はない。

零飛と自分のあいだにあるのは、取り引きであって恋人関係ではない。

そう自分に言い聞かせながらも、そっと唇に触れて、それから左胸に、下腹に、指を這わせる。暁の前で零飛に触られた場所だ。思い出すだけで、性器がじわりと熱をもつ。零飛の傍を離れて心の大部分が死んだようだったあいだ、自身を慰めなかったことに思いいたる。

このまま零飛の匂いのするベッドにいると自慰をしてしまいそうで、蒼は誘惑を断ち切るために立ち上がった。

少し開いたままになっている寝室のクローゼットに気づき、そこを開けてみる。

蒼の衣類はそのまま残してあった。クリーニングから帰ってきたワイシャツが綺麗に積んである。

「あれ?」

端の三着のスーツが目に留まった。ハンガーにかかったそれを引っ張り出してみる。

それは、見覚えのないスーツだった。

新調された、春物のスーツ。

「……零飛」

冬が終わっても、零飛は自分を傍に置くつもりでいてくれたのだ。

それが、言葉にならないぐらい、目の奥が熱くなるぐらい、嬉しかった。

零飛がマンションに帰ってきたのは、午前二時を過ぎてからだった。彼には珍しく、かなり疲れた様子だった。それを指摘すると、

「ここのところ睡眠不足続きのうえに、かなり仕事を溜め込んでしまったんです。挽回しないと」

と、風呂上がりの白酒を口に運びながら零飛が答える。

「春節が近いから、どこもバタバタしてるのかな」

蒼も白酒を相伴しながら、壁のカレンダーを眺めた。今年の春節は二月五日だ。その時期は国中が長期休暇期間にはいるため、前後数週間、流通関係も滞りがちになる。それで前倒しに仕事が増えているのかと考えたのだ。

「……まぁ、それもありますね。君も明日から出社して、手伝ってください」

「え、ああ、うん」

クローゼットの新しいスーツを思い出して、少し照れた顔で蒼は頷いた。零飛といる高揚感から杯が進む。アルコール度数六十パーセントの酒を重ねていくうちに、視界が揺れだした。

「仕方ないですね。ちゃんと明日の朝、起きられますか?」

腰を抱かれて、ソファから立ち上がる。ベッドルームへと連れていかれた。踏む床はぐにゃりと頼りない。ドサッとベッドに倒れ込む。

零飛が、顔の横に手をついて、覗き込んでくる。

「水が欲しいですか?」

――欲しい……。

身体の芯がズキズキと脈打っていた。

ひんやりした指が頬に触れてくる。耳に触られる。自分の指がぴくんと跳ねるのを感じる。

――零飛が、欲しい。

暁の前でしたように、それ以上のことを、してほしかった。

けれども、それを伝える勇気がない。せっかくここに戻ってこられたのだ。過剰な期待を口にして、すべてを失うのは怖い。

「……もう、寝る」

零飛の指から逃げて、蒼は感覚が朧でままならない身体をなんとか動かして、毛布の下へと滑り込んだ。触られた頬や耳がジンジンと疼いている。

心より身体は素直で、零飛とのセックスを求めていた。それを懸命に宥めようとする。

そんな蒼の努力を知ってか知らずか、ベッドの横にはいってきた零飛は当たり前のように蒼の身体を背後から抱き締めてきた。

強い腕に腹部を抱かれて、背中にしっかりした肉体を感じ、髪に吐息を感じ、昏い花の匂いに包まれて……零飛の脚が、後ろから脚のあいだにはいってくるのに、小さく声を漏らしてしまう。深くはいってきて、溝を割られる。

構われることのないまま、性器が下着をきつく押し上げてしまっていた。腿が震える。

きっと蒼の身体に起こっていることなどお見通しだろうに、零飛はそれ以上のことをしなかった。

髪にかかる吐息が、眠りの速度に落ちていく。

――これが、俺の選んだことだけど……だけど……。

あまりに身体がつらい。蒼は欲望を握り潰すように、ぐっと自身の性器を夜着のうえから押さえつけた。

4

「正直、君がここに戻ってくると思っていなかったんだ」

飛天《フェイティエン》対外貿易有限公司の秘書室、出社した蒼に、張は少々困惑した表情を向けてきた。

蒼のデスクはすでにいつでも新しい人間を迎えられるよう、綺麗に整理されていた。そのデスクについて、蒼は肩を竦めた。

「俺も、ここに帰ってこられると思いませんでした」

三ヶ月前、着慣れないスーツに身を包んで、ひどく緊張しながら、こうしてデスクについたことを思う。まるで遥か昔のことのようだ。

張は自身のデスクに腰を預け、確認してきた。

「零飛が君を迎えに行って、これからも傍にいることを許したんだね？」

彼の眸には複雑そうな、やや厳しい色がある。それはいままで彼が蒼に向けたことのない、批判的なものだった。

蒼がはっきりと頷くと、しばらく黙り込んでから、張は言った。

「僕は、零飛が君をこれ以上傍に置いておくことに賛成していない。彼はこれからの我が千翼幇にとって要となる存在だ。下手にウイークポイントなど持ってほしくないんだ」

張はなにか勘違いをしているようだった。

「俺は零飛のウイークポイントになりません」

そう答えて、少し落ち込む。

昨晩のことが思い出される。零飛は、もう自分のことを抱く気にはならないのだ。そんな特別な存在ではないのだと、改めて思い知らされた。

だから張の考えは杞憂だ。

――ウイークポイントになんか、なりようがない。

でも、それでいいと思おうと努めている。

零飛の傍にいて、彼の痛覚になりたいという最大の願いは叶えられたのだ。

美しい龍を間近で見守ることができるだけで幸せだと思うべきなのだ。

と、内線が短い音で鳴った。蒼が出ると、総経理室の零飛からだった。天《ティエン》がアポイントなしに訪ねてきたから、張と一緒に上がってくるようにとのことだった。それを伝えると、張は苦虫を噛み潰したような顔になる。

「こんな朝から急に押しかけてきたってことは、おそらく彩虎を始末しなかったのを知られたんだろう……君がどんなつもりか知らないが、こういうかたちで零飛に迷惑がかかることは忘れないでくれ」

ピリピリした空気を漂わせて部屋を出る張のあとを追って、蒼は総経理室へと向かった。

張の読みは、正しかった。

革張りのソファに大きく脚を開いて座り、背凭れにふん反り返る姿勢、天は葉巻を噛んで、もう三十分近くもねちねちと文句を言い募っている。

「あんな田舎村くんだりまで出向いておきながら、ドラッグの取り引きを潰すのには失敗するは、せっかく捕まえた彩虎を生きて逃がすは、大成功してる青年実業家様はマフィアの汚い仕事なんて馬鹿らしくてやってられねえってか？　ガキの遊びじゃねえんだぞっ」

いつもの零飛なら「申し訳ありません」とさらりと謝る場面だが、今日は違った。

彼は無表情のまま、天を見つめるだけだった。なまじ整いすぎた顔をしているせいで、その無表情は冷たくて、天を蔑んでいるようにすら見える。天が威嚇《いかく》に大理石のテーブルを思いっきり蹴っ飛ばしたが、零飛はやはり眉のひとつも動かさなかった。

この三十分で徐々に積もっていった天の怒りがついに爆発した。

「……おまえ、実は彩虎と裏で繋がってんじゃねえのか？　それで千翼幇潰して、自分だけ黒《ヘイ》爪《ツァオ》幇《バン》と手を組んで生き残るつもりなんだろうっ！」

言うに事欠いて吐いた暴言、怒鳴る顔は真っ赤になっている。

――まるで、大人と子供だな……。

こうして対峙しているのを見れば、容姿から醸し出す空気感まで、ふたりの格の差は歴然としていた。たとえ半分でも同じ血を持っているのが嘘のようだ。

そしておそらく、天自身が誰よりもその差をよく知っているのだろう。

それこそ十二年前、異母弟である零飛と初めて対面した瞬間から思い知らされていたのだろうと蒼は思う……天に限らず、きっと多くの人間が零飛と比べられることになったら、穏やかではいられないだろう。千翼帮という組織の後継者問題も絡んでくるとあっては、なおさらだ。並外れて美しく、人を惹きつける力のある聡明な異母弟は、それまで千翼帮のたったひとりの後継者として地にも置かない扱いを受けてきた天にとって、どれほどの脅威だったろうか。

――だから、応龍の刺青を入れさせたり、無理難題を吹っ掛けたりしてきたんだ。零飛が自分の命令を唯々諾々と受け入れるのを確認して、安心するために。

けれども、その安心の確認が、今日はどうしても取れないでいる。こんなことは初めてなのだろう。

天はパニック状態に陥りつつあった。

「おい、わかってんのか？　おまえのしたことは、親を殺した組織を助けることなんだぞっ、この不貞者！　――それとも、あれか？」

天の顔が禍々しく歪む。

「十二年前に黒爪帮の奴らを自分んちに引き入れたのも、おまえだったんじゃねえのか？　どうだ、愉しかったか？　母親が強姦されかけて自殺するのを見るのはよ」

客観的に見れば、むしろ哀れになってくるほどの言いがかりだった。

——でも、もし朱月のことでこんなふうに言われたら、俺は耐えられない。

たおやかな女の身体へと伸びる黒い爪をした手。その腕に咲く緋牡丹……零飛の感じるべき痛みが、胸をギリギリと軋ませた。

「天さん」

蒼は眼鏡をスッと直して気持ちを引き締めてから、一歩前に出た。腕を掴んで制止しようとする張の手を無視する。

「言葉が、すぎますよ」

半眼で見下ろし、蒼は低い声で忠告した。

「蒼っ」

張が今度こそ、肘のあたりをグッと掴んでくる。彼は以前から零飛が天の言いなりになるのに不満を抱いていたが、蒼が口出しするのは別次元の話らしかった。

「天様、申し訳ありません」

口早に張が謝罪する。

「……ペットの躾もロクにできねえのか。ペットの粗相は主人の責任だ。零飛、おまえが俺に謝れ」

胸の前で腕組みをして深くソファに腰掛けたまま、零飛はゆっくりひとつ瞬きをした。それから、口角を綺麗に上げた。

「蒼が言葉がすぎると言うのなら、それが正しいのでしょう」

とても鮮やかな微笑を浮かべながら、零飛は天に申し出た。

「謝るのなら許して差し上げますよ、兄上」

「……なっ」

天はバッと身体を起こすと、テーブルのうえのクリスタルの灰皿を鷲掴みにした。それを目いっぱいの力で零飛の額めがけて投げつける。

反射的に蒼は前に大きく踏み出した。灰皿は重く鈍い音をたてて蒼の腕にぶつかり、大理石のテーブルへと勢いよく叩きつけられて、粉々に砕けた。

蒼は右腕を押さえながら張の横へと戻った。自分のように特殊な鍛え方をしている人間でなければ、骨折していたに違いない。

「私はこれでも一応、兄上と共存することを望んでいます。これ以上、気分を逆撫でされると、その考えも翻さざるを得なくなりますが？」

その場にいる者に悪寒を感じさせるほどのビリビリとした空気が、零飛から発せられていた。

「この際だから言っておきます。頭の悪い人間と役立たずは、反吐が出るほど嫌いなんです」

いまや、零飛と天との力関係は完全に逆転してしまっていた。

天が青い顔で口をパクパクさせながら立ち上がる。

「もう、お帰りですか？」

零飛もソファから腰を上げながらゆったりとした口調で尋ねる。

それには答えず、天は総経理室を半ば走るように出ていった。


「驚いたな。零飛が天に面と向かってあんなことを言うなんて、いったいどうやって説得したんだい？」

総経理室からの帰りのエレベーターのなか、張が尋ねてきた。その声も表情も力が抜けていて、いつもの温厚な彼に戻っている。

「僕だっていままでさんざん口を酸っぱくして、いかに天の言動が不当なものか零飛に伝えてきたつもりだ。でも、零飛に伝わることはなかった。彼に自分自身を大切にさせることが、僕にはできなかった」

——俺の願ったことを、零飛はちゃんと受け止めてくれてた……ちゃんと伝わってたんだ。

俺の教える痛覚を信じてくれた。

なんとも表現しがたい嬉しさが、蒼を包んでいた。

以前のように身体で繋がることがなくなっても、こうして心を繋げることができるのなら十分だと思えていた。

「俺なりの、零飛の傍にいられる方法を見つけられて、よかった」

ぽつりと素直な言葉が口をついて出た。

秘書室のある階に着き、張と蒼は展望ラウンジのソファに腰を下ろした。

大きな窓に広がる一月の真冬の空は冷え冷えとした灰色だ。雪でも降りそうな冷たさが、ガラスから伝わってくる。

「でもやっぱり、僕の危惧は正解だったわけだ」

張が微苦笑を浮かべながら言った。

「零飛にとって、君はいままでにない特別な存在だ。だからきっと、君は零飛のウイークポイントになる——そのことは、君が撃たれたとき、すでに僕にははっきりとわかっていたけどね」

「撃たれたときって、彩虎に？」

「ああ。あの時、僕が止めにはいらなかったら、零飛は蜂の巣だっただろうね……君を取り返すために」

蒼は首を横に振る。張の曲解だ。

「そんなわけない。俺は零飛にとって、そんなに大した存在じゃない」

「……そんなこと、この半月のことを知らないから言える言葉だよ」

「え？」

「君を捜して会社から抜け出してばかりで、どれだけ仕事を溜め込んだか。春節までに片づけばいいけどね」

　軽く溜め息をついてから、やわらかい声が続く。

「でも、零飛が人に執着したり熱くなったりできる人間だって、こんなに長く近くにいたのに知らなかったよ。きっとそれが本来の姿なんだろうな……君が呼び覚ましたものだ。そして、それは弱点になるとともに、きっと零飛がより高みに飛ぶための助けになるだろう」

　張はゆっくりと立ち上がった。そして、呟く。

「蒼。君の存在がとてもありがたくて……同時に、とても妬《ねた》ましいよ」


　天が帰ったあと、その日は三つの大きな会議が詰まっていて、それらがすべて終わったのは夜の十一時近くだった。

　会議室から零飛について最上階の総経理室にはいった蒼は、目の前の光景に自然、感嘆の溜め息をついた。もう何度となく見ている夜景だが、見慣れるということがない。

　不夜城の灯り、高速道路の灯、あちこちで行われている二十四時間体制の突貫工事の灯り、上海の街はうら若い人間の心臓のように強い脈拍を刻んでいる。来年に迫った二十一世紀を越えて、これからまだ成長を遂げ、成熟していく街……それが、足元に平伏している。

零飛はその街を見下ろしながら、デスクに軽く腰を預け、ジャケットを脱いでネクタイを大きく緩める。

「飲み物、持ってこようか？」

尋ねると、零飛はデスクの一番うえの引き出しを開けた。そこから小さな瓶を取り出す。

「これを淹れてください」

蒼は瓶を受け取り、総経理室横の茶器が揃っている給湯室に向かった。

紅木の棚にずらり並んでいる茶碗のなかから、耐熱性の丸いガラスの器を取り出す。瓶のなかのものを器に入れて、湯をゆっくりと注いだ。盆に載せて、零飛のもとに運ぶ。

零飛は光の散る夜景を従えて、革張りの肘掛け椅子に座っていた。デスクのうえの両手は緩やかに組まれている。

部屋の落としぎみな灯りを受けて正面からこちらを見る美しい男には、古の中国の皇帝を思わせる威厳がある。

零飛は、光のなかにいれば闇を感じさせ、闇のなかにいれば光を感じさせると、ガラスの器をデスクに置きながら蒼は思う。いまでも掴みどころのない人だと感じる。けれど、夢よりは定かで、手を伸ばせば触れることができる。

すっと、デスクの向こう側から手が伸びてきた。

右腕を掴まれて、蒼は思わず呻き声を漏らした。天が投げた灰皿で傷めた場所だったのだ。

袖のカフスを外され、スーツごと腕を捲くられた。

「だいぶ、腫れていますね」

「でも普通にしてれば痛くないから、平気だ」

素肌に触られているだけでドキドキしてきて、蒼は腕を引こうとした。が、次の瞬間、デスクのうえに前のめりになるほど手を引かれた。

「もっと、感じるままにしていていいんですよ。痛いのなら、痛いと言えばいい」

赤黒く変色している腕の皮膚へと零飛が唇を寄せる。

薄い唇の、しっとりした感触が肌を這う。大きく出した舌に舐められる。舐めながら零飛が目を上げる。

見る者の心臓を鷲掴みにする鮮やかな漆黒の眸に、鳥肌がたった。せっかく心だけでも繋がれれば満足だと思えていたのに、またぞろ肉体の繋がりまで求める気持ちが揺らぎ起こってしまっていた。

蒼はそんな自分に戸惑い、こちらの気も知らないで煽る零飛を恨めしく思う。

「こういうのは、もうやめてくれ」

はっきりした口調で言って、零飛の手から腕を引き抜こうとする。零飛がふいに椅子から立ち上がった。

「え……、なん――」

強い力で腰を摑まれ、デスクのうえに引き摺り上げられた。零飛が覆い被さってくるのを退けようとして、押し倒される。黒い髪がさらさらと流れ落ちてきて、冷たく頰をくすぐる。

「いい加減、待ちくたびれました。久しぶりにしましょう」

その声と言葉にゾクリと背筋が震えた。

――でも、そんな、いまさら……。

耳朶を舐められながら、ベルトが手早く外される。

零飛は自身のネクタイをするりと抜くと、蒼の身体をいったんうつ伏せにした。治りかけの胸の銃創をデスクに押しつけられて、息が止まる。手首をネクタイできつく拘束された。

「ふざけるなよっ」

ふたたび仰向けに身体を返され、蒼は起き上がろうとした。

自分なりの気持ちの落としどころを見つけたばかりだというのに、それを簡単に砕こうとする零飛に強い腹立ちを覚える。

――こんな気紛れに抱いて……抱かれたら、俺はまた期待するじゃないか！

昨晩のように……零飛に抱かれなくなってから毎晩そうだったように、ひとり期待して惨めな気持ちになるのは、もうたくさんだった。

「ふざけてなどいません」

零飛は机に乗り、蒼の顔を跨《また》ぐかたちでスラックスのベルトを外し、ファスナーを下ろした。

黒いビキニタイプの下着の前を引き下ろす。露骨に欲情した逞しい性器が宙を睨んで揺れる。零飛は茎を摑み、大きく張り詰めた先端を蒼の唇に押し当ててきた。蒼は思いきり顔をそむけた。その弾みで眼鏡が外れて、デスクの天板に落ちた。

顎を強い力で摑まれて固定され——唇にぬるりとした硬い感触が押しつけられる。

「いや、だ……ん、んんっ」

拒絶の言葉を封じて、性器が捻じ込まれる。

零飛が腰を進めながら心地よさげな声で言う。

「本当に嫌なら、噛み切ればいいでしょう。私は構いませんよ」

溢れてきた先走りが舌に擦りつけられる。

——なんでだよ、零飛……。

望むときには与えられず、諦めたとたんに与えられる。それがどれほど残酷なことか、零飛はわかっているのか、いないのか。

あまりに理不尽だ。

理不尽なのに、舌が勝手に動いてしまう。

愛しい男のかたちを忙しなく辿る。欲に張り詰めた性器に、胸が震えた。なまめかしい味のする先走りを、唾液に混ぜて繰り返し嚥下《えんげ》する。

口の端が裂けそうなほど、膨張していく。

「…蒼……ん…」

零飛が喉を甘く鳴らして、腰を使いだした。ぬぷぬぷと浅く深く口内を行き来するそれを、濡れそぼった粘膜でねっとりと包み込む。吸い込む。

「こんなにむしゃぶりつくほど欲しかったのなら、素直に請えばよかったのに」

喉の奥をえづくほど深く突いてから、零飛は性器をずるりと蒼の口から抜いた。唾液と先走りが混ざったとろつく液が唇から零れる。

零飛が、傲慢な笑みを浮かべて、尋ねてくる。

「私と、繋がりたいですか?」

下着のなかで、性器や後孔が期待にヒクヒクと蠢いている。零飛を受け入れる感覚をリアルに思い浮かべて、蒼はほとんど寒気にも似た快楽を覚えた。腰がきゅっと反って、デスクから浮く。その反応で、零飛は答えを得る。

上半身はネクタイすら緩められず、ジャケットまで着たまま、下肢は靴下と靴だけにされる。両膝の裏に手が入れられ、身体をやわらかく折り曲げられた。

晒された双丘の溝に、唾液を垂らされる。くねる舌が唾液を窄まりに丹念に馴染ませる。また唾液が追加されて、今度は尖らされた舌が体内にはいってきた。

「ぁ、ああ、っ、ん」

腹の内側から熱くなって、蒼は身悶えた。背中で縛られた手でデスクの天板を引っ掻く。零飛の舌の動きに合わせて、窄まりがピクンピクンと淫らな開閉を繰り返す。

「もっと……」

頼りない舌の感覚が、もどかしくて、耐えがたい。

「もっと硬いの、をっ」

しっかりした質感のあるものを、粘膜に欲しい。

「指のほうがいいですか？」

言葉とともに、二本の指が一気に体内にはいってきた。ぐちっと音がする。

「ふ……ぁあ、いい」

強引に押し開かれる感覚に、気が変になりそうだった。なかで指が大きく回される。息が上がって、首がのけ反る。

「リン、フェイ……零飛」

掠れ声で呼ぶ。その名の響きがまた、快楽を増幅させた。

指で犯しながら、零飛が覆い被さるかたちで身体を重ねてきた。身体の芯からの熱にヒリつく蒼の頬に、涼しい唇が触れる。零飛が囁いてくる。

「蒼――いい加減、私に告白することがあるんじゃないんですか？」

発情に潤む目で零飛を見る。

「……こく、はく？」

朦朧とする頭で考えるが、思い当たらない。

零飛が溜め息をついた。

「私が好きになっていいと言ってから、いったいどのぐらい経つと思っているんですか?」

憂いと詰りの混じる声に、蒼は体内の指をきつく締めつけてしまう。狭くなったところに、指がもう一本追加された。

「…ぁ、あ」

「好きなら好きだと言えばいい。挿れてほしいなら、そう請えばいい」

昏い花の——月下美人の匂いに包まれる。甘くて痛い感覚が胸に溢れてくる。

「そうすれば、私はいつでも君に応えるのですから」

いじりまわして熟知している蒼の体内の密かな凝りを、零飛が指先でくじる。

「んんっ!!」

身体がビクンと跳ね、心臓がせつなく張り詰める。

言葉と身体で教えられていた。

——飽きたわけじゃ、なかったんだ……気持ちも、身体も。

頭のなかがグチャグチャになるほど嬉しい。

嬉しすぎて、思い知る。心だけでも繋がれれば満足だと思ったのは所詮、自分を宥める方便にすぎなかったのだと。

渇望が音になって、腫れた唇から漏れた。

「……ほし、い」

「なにを、どうしてほしいんですか？」

優しくそそのかされて、言葉を濁しながらも言ってしまう。

「零飛の――、を、挿れて」

「……すぐにあげましょう」

零飛が眦を染めて微笑む。

羞恥心と期待感が、チリチリと項の肌を焦がしていた。

指がゆっくりと粘膜から引き抜かれる。身体を横倒しにされて、片脚を高く上げされられた。

「っ……は、ぁ、あ……っ」

じわじわと体内への口を割り広げて、零飛が侵入してくる。無意識にあがく足を押さえつけられる。自分から求めたくせに、久しぶりの繋がる行為は耐えがたい体感を蒼に与えた。

「や、少し待――」

もし手が自由に使えるなら、抗ってしまっていただろう。

腰を力強く摑まれて一気に貫かれた。悲鳴をあげかけた唇を、唇で塞がれる。

重厚な作りのデスクがギシギシと音をたてる。蒼は首筋を吸われながら、揺れる視界でガラスの器を見た。冷えてしまっているだろう湯のなかで、花と葉がセックスの律動と少しずれながら、たなびく。チャプ……チャプと、水音がたつ。

その視覚と音に、触られないまま突き勃った性器が刺激される。

先走りが溢れ、糸を引いてデスクへと垂れていく。零飛の指がとろりと濡れている亀頭を擦ってきた。ふたつの水音が混じる。

快楽に耽る曖昧な抑揚で、零飛が囁いてくる。

「以前、茉莉葫芦《ジャスミンコウロ》を、私と同じように見て、同じように感じたいと言いましたね」

「ん……っ」

「いま、私の感じていることを、知りたいですか?」

性交の動きが少し緩やかになる。そして、蒼の耳を唇で覆うようにして、
蒼は肩で息をしながら頷いた。

「……もう一度、誰かに心を開いてみたい。この細工茶が湯を含んでほどけるように」

それから続けて、そっとひと綴りの言葉を零飛は告げてきた。

それは零飛から言われるとは夢にも思わなかった言葉で、蒼は驚いて彼の顔を見ようとしたけれども、まるで視線を避けるように零飛は蒼の首筋に顔を伏せたまま腰の動きを激しくした。

零飛の指が茎全体に絡みついてきて、蒼もすぐになにも考えられなくなる。

なにも考えられないまま、けれども、零飛の言葉だけが、耳の底、水面に広がる波紋のように響いていた。

零飛の腰の動きが、息もできないほど小刻みになって、止まった。体内に精液を放たれていく感覚に、蒼もまた白い蜜をとろとろと漏らす。身体も心臓も、震えつづけている。

頬に触られて、それが嗚咽の震えだと知る。

「泣くほど、気持ちよかったですか?」

泣くほど、気持ちよかった。

泣くほど、嬉しかった。

我愛你《ウォーアイニー》――あなたを愛しています。

その言葉に、泣かずにはいられなかった。

エピローグ

　二月五日の旧正月を明日に控え、故郷で年越しするために帰省する地方出身の労働者たちで、列車は埋め尽くされている。自動車の渋滞もひどいものだ。そうやって上海《シャンハイ》を離れる者がいる傍ら、華やかな旧正月を味わいに海外からは観光客が押し寄せる。

　世間はすっかり長期休暇モードだというのに、二月四日の午後九時過ぎ、蒼《ツァン》は零飛《リンフェイ》とともにアメリカ企業の重役をビルから送り出していた。西暦で動いている国々相手の取り引きがメインの貿易業は、旧正月など構っていられないのが実状だった。

　春節らしく、桃の花と金柑《キンカン》の鉢植えの飾られたロビーを戻り、エレベーターに乗り込む。蒼は腕時計とスケジュール帳を見比べて、零飛に言う。

「年越しのパーティは十時からだから、いまから仕度をすれば、ちょうど間に合う」

「新年ぐらい好きに過ごしたいものですが」

　言いながら、零飛はさりげなく蒼の腰を抱いてきた。

「それともこのまま、総経理室で年を越しますか?」

　ここのところの零飛のお気に入りは、総経理室からの夜景を眺めながらの行為だった。また今晩もそれに付き合わされるのは勘弁してほしくて――いくらマジックミラーになっているといっても、壁一面に広がるガラスに手をつかされて全裸で犯されるのに慣れることなどできない——蒼は軽く零飛の手を叩いて、するりと身をかわした。

胸の前で腕組みして、少しきつい口調で窘める。

「零飛が行かなかったら、新年一番のスピーチを誰がするんだよ」

「別に、誰でも好きに喋ればいい。私である必要などありません」

本気で総経理室にしけ込むことを目論んでいそうな眼差しに、蒼は声を強めた。

「このミレニアムで盛り上がってるなか、上海中の各界著名人がわざわざ集まって士気を上げようっていうんだ。零飛のスピーチじゃないと、締まらないだろ」

——これじゃ、張さんもいままでさぞかし苦労させられたんだろうな……。

蒼が継続して零飛の第二秘書を続けることになったのをいいことに、張はこれ幸いと今年は家族と年越しをさせてもらうと、今日など出社もしてこなかった。

どうやら零飛と張のあいだで話し合いが持たれ、蒼を第一秘書にするよう徐々に移行して、張は関連会社の総経理職に就くという計画を立てたらしかった。

いままで張がやってくれていたスケジュール管理からさまざまな手配まで、全面的にこなさなければならなくなり、蒼は目の回るほど多忙な生活を送っている。

——そのうえ、夜まで酷使されてるんだから、特別給与が欲しいぐらいだよな。

心のなかで愚痴ると、零飛がまじまじと見つめてきた。

「その上海の著名人を統べるほどの私に愛されている気分はどうですか？」

「………」

思わず、手帳を取り落としそうになった。

自分の顔がどんどん赤くなっていくのがわかる。トンと、零飛が蒼の顔の横、エレベーターの壁へと手をついた。間近に覗き込んでくる。

「そろそろ、君の気持ちも聞かせてもらいたいものですね」

「……き、もち、って」

「それとも、気持ちなどなくて、欲しいのは私の身体だけなんですか？」

そのいたぶるような質問に答える前に、最上階に到着する。

蒼は零飛を押し退けて、エレベーターを降りた。ズレた眼鏡を中指で直して、クッと眉を上げ、態勢を立て直す。クローゼットのある小部屋にはいりながら、無愛想に言う。

「長袍に着替えたら、地下駐車場にすぐ下りる。車はもう手配してあるから」

零飛がジャケットを脱ぎながら、肩を竦める。

「また、うまく逃げましたね。……それにしても、その口調はもう少し丁寧になりませんか？」

蒼は自分の長袍を腕に掛け、小部屋の戸口で肩越しに振り返って、きっぱり言い返した。

「公の場で秘書らしくしてれば十分だろ。普段から下手に出て喋ってたら、あんたの言いなりになるばっかりだ」

四面がガラス張りになった上海市を一望できるビル最上階の会場には、すでにテレビや雑誌でよく見る顔が勢揃いしていた。

上海市長のスピーチでパーティは幕を開けた。一応立食形式ではあるものの、フロアには座り心地のいいソファセットが置かれ、くつろいで談笑する姿があちらこちらに見られる。

今日もまた、零飛の周りには人が絶えない。いま歓談しているのは、最近ヒットした中国とハリウッドが提携して撮った映画に主演した女優だ。長めの髪を夜会巻きにして、華奢な身体を華やかな色合いのチャイナドレスに包んでいる彼女と、立ち襟や前合わせ部分に金糸銀糸の刺繍を施された黒い長袍を纏っている零飛のツーショットは、それこそ映画のワンシーンのように完璧な美しさだ。

――あのレベルの人を、零飛はいくらでも選ぶことができるんだよな……。

どんな美しい容姿の人間でも、どんな賢い人間でも、男でも女でも、零飛が望めばおそらく手にはいらないものはないのだろうと、蒼は思う。

――それなのに俺が傍にいるなんて……改めて考えると、すごく変だよな。

朝から晩まで一緒にいる。寝ても覚めても、当たり前のように横にいる。

零飛と出会った翌日に出席した美術館の落成パーティのときもこんなふうに彼を見ていたけれども、彼のいるところが自分の居場所になるなどと、夢にも思っていなかった。あの日のことが、もう何年も前のことのように感じられる。

とてもいろいろなことがあって、自分の心も身体も、零飛との出会いで変化していった。

「お久しぶりね、秘書さん。眼鏡をかけてない顔も素敵ね」

ふいに斜め後ろから声がして、軽いデジャ・ヴとともに蒼は振り向いた。

水色のパンツスーツを着た短髪の女性がシャンパングラスを片手に立っていた。ベストセラー作家の白深花《バイシェンホア》だった。

「こんばんは、白さん」

「ちゃんと覚えててくれたのね。嬉しいわ」

彼女は蒼の横に並んできながら、細い眉を上げて見せる。

「その長袍、とても似合ってる。布は蘇州《そしゅう》刺繍ね」

静かな蒼地、裾のほうに銀糸と絹糸で木蓮の花の刺繍が施されている長袍。それは零飛から贈られたものだった。おそらく刺繍の図案をわざわざ職人に指示したのだろう。枝に咲く花の様は、あの母子の映った古い写真を思わせた。

しばらく伝統工芸の美しい刺繍に見入っていた深花は、ふと思い出したように顔を上げて尋ねてきた。

「あら、でも、あのパーティから、もう三ヶ月以上経ったんじゃない？」

さすがに零飛のことを本に書くのが夢だと語っていただけあって、その辺のチェックはしっかりしたものだ。零飛の第二秘書が三ヶ月周期で替わることを知っているのだろう。

「もう、四ヶ月になります」

「これからも、彼の秘書をするの？」

「その予定です」

深花は、蒼から零飛へと視線を移した。銀ラメのはいったマスカラの塗られた睫が、ゆっくりと上下する。

「……そう。あなたにしたの」

微妙に含みのある言い方のような気がして蒼は彼女の表情を窺ったが、深花は観察を許さず、ニッと大きく口角を上げて見上げてきた。

「零時を越えたら辰年よ。応龍の異名を持つ耿零飛は一段と活躍するんでしょうね。あなたもせいぜい振り落とされないように、しっかりね」

ポンと二の腕を叩かれる。

蒼は曖昧な微笑を浮かべ、ふと耳をそばだてた。

「爆竹が、始まりましたね」

深花も耳元に手をやり、遠い地上の音を聞く仕草をした。

「本当。ああ、もう十一時を過ぎたのね。これからどんどん賑やかになるわよ！」

ワクワクした表情で、彼女は地上を眺めに窓際へと去っていった。

まがりなりにも零飛の秘書としていろんな場に列席してきただけのことはあって、幾人かの仕事関係の顔見知りに蒼は声をかけられた。ソツのない会話を交わしている自分に気づき、四ヶ月前にはどう振る舞えばいいのかわからなかったのに、と不思議なようなおかしいような気持ちになる。

時計が十一時半を過ぎたころ、零飛がすっと横にやってきた。蒼の肘を軽く摑んで、囁いてくる。

「少しだけ抜けましょう」

「でも日付けが変わったら、すぐにスピーチが……」

「それまでには戻ります」

こういう時は取りあえず言うことを聞いておいて、時間どおりになんとかここに戻らせるのが正しい操縦法だ。

蒼は零飛に急かされるまま、会場をあとにした。エレベーターに乗るのかと思いきや、零飛は鉄の扉を開けて非常階段を下りていく。一階分下りて、やはり会議やパーティに使う広いフロアにはいっていく。

ダウンライトを暗く点けてあるだけの部屋は無人だった。窓際に置かれたテーブルのうえ、壺には花が一枝生けてある。それを除いては椅子もないガランとした空間だ。

大きな窓ガラスには、夜景が広がっていた。否、夜景というには、あまりに明るい。ライトアップされた東方明珠塔や幾多の近未来的な形状をしたビル群は、その足元を爆竹の白い煙に包まれていた。地上の明るさに、空の闇すら白んで見える。

無数の破裂音が、音の束となって、耳に届く。

ほんの一ヶ月ほど前、西暦の正月には、暁の家でひとりでこの音を聞いていた。そのとき感じた骨の髄まで沁みる寒さと寂しさがふいに甦ってきて、蒼は思わず零飛の腕を摑んだ。

「最上階のパーティに出席しなければならないとわかってから、すぐにここを押さえたんです」

抱き締めてほしいと思ったそのとおりに、零飛が抱き締めてくれる。

彼の小昏い香りに包まれながら、その首筋に顔を埋める。身体から嫌な力が抜けていく。ともすればぽっかりと口を開く心の穴が塞がれていくのを感じる。安堵の溜め息を蒼はついた。

蒼が心も身体も委ねているのに気をよくしたものか、零飛はさりげない手つきで長袍の腰を撫でまわしてくる。耳の下にそろりと唇が這い、キュッと吸われる。

「零飛」

蒼は少しきつい声で窘めた。ここで流されたら、零飛にスピーチをさせるのは無理だろう。十二時まで、あと十分足らずだ。

零飛が溜め息をついて、覗き込んできた。

「まったく、優秀な秘書ですね」

負けたようなことを口にしながらしかし、零飛はさりげなく蒼の身体を押して、小ぶりな白い丸テーブルへと腰掛けさせた。すぐ目の前で長い睫が揺れ、その下で漆黒の眸が水を含んで光る。さらりとした髪が幾束か流れ落ちてくる。

心臓が痛いほど高鳴る。

……キスを、とても拒めなかった。

何度も唇を押しつけられて、いつしか蒼の唇はほどけてしまっていた。零飛の舌を受け入れる。開かされた腿のあいだに零飛の腰がはいってくる。蒼はしっかりと広がった男の肩にしがみつき、もっと深いキスができるように顔を傾けた。

蕩《とろ》けるようなキスに溺れていく——と、ふいにガラスがビリビリと震えだした。ぼんやりと目を開く。

次の瞬間。

バァンという音とともに、窓全体を色とりどりの光が埋めた。

新年の花火は絶えることなく、次から次へと打ち上げられては空を埋めていく。真昼のように、明るい。

零飛も顔を上げて、しばし光の洪水を楽しんでいた。

「約束ですから、行かないといけませんね」

名残惜しそうに蒼から身体を離し、長袍の飾りボタンの房を整える。蒼もテーブルから腰を上げて立ち上がった。零飛がきちんとスピーチをしに戻ってくれるのにホッとしながら、同時に少しだけがっかりしている自分もいる。

ドアへと歩きだした零飛のあとを、蒼は丸い白磁の壷に生けられた枝を抜いて、追った。

「……零飛」

呼びかけると、ドアを開けながら彼が振り返る。

蒼は追いついて立ち止まり、手のなかの枝を零飛へと差し出した。

恋愛成就の呪力がある桃の枝。淡い色で咲いた花が、少し震える。

自分の背後で幾多の花火が咲いては散っていく。それに背中を押されるようにして、蒼は口を開いた。

「我愛你《ウォーアイニー》」

想いが伝わるように、彼を見据えて、しっかりとした発音で告白する。

零飛が眩しそうに目を細めた。

それから華やかに微笑して、手を伸ばしてくる。

桃の枝を蒼から受け取り、それを愛しげに眺めてから、細枝を強く握り締める。

花から蒼へと視線を戻して、彼は想いの籠もった口調で約束してくれた。

「君のために、素晴らしいスピーチをしましょう。あのフロアにいる誰もが、この年に尽きない夢を抱かないではいられないように」

蒼は笑みを浮かべて、深く頷く。

そして、しっかりとした足取りで、零飛の支えるドアから部屋を出る。

翼ある龍が育む上海の夢を、この目でずっと見守りつづけるために……。

了

眉間の空

幇《バン》のことで緊急の話があると異母兄の天《ティエン》に呼び出されたのは、すでに日付が変わった時刻だった。断るとまたのちのち面倒なので、零飛《リンフェイ》は三つ揃えのビジネススーツを纏ったまま指定されたクラブの個室へと赴いた。

予想どおり、幇絡みの用件は呼び出すための口実にすぎなかった。

それから延々と数時間に渡って、天の酒臭い息にぶち込まれた放埓《ほうらつ》な愚痴と、嫉妬交じりの卑屈な視線とを、零飛は浴びつづけたのだった。

しかし愚弄されたところで、プライドを発動させる気にもならない。その気になれば、考えが浅くて単純な天など、どうとでもできるだろうが。

――どうでもいい。

十八歳のとき異母兄から刺青を入れることを強いられたときですら、どうでもいいと感じた。だが、血縁であり子供のころから交流のある張《ジャン》は、ひどく取り乱して憤ったものだ。

「零飛……それは…」

バスルームから出てきた零飛の、右脚に刻まれた碧《みどり》色の鱗を映した張の目は、眦が裂けそうなほど大きく見開かれた。

「天と取り引きをしました」

「僕は止めたはずだっ。どうして大学に行くために、零飛が刺青を入れないといけないんだ⁉」

「これが面倒を回避する最短距離だっただけです」

零飛は湿った身体を瀟洒《しょうしゃ》なラタンの椅子に預けた。

そうして右脚をオットマンに載せて、絹のバスローブのうえから龍の身を撫でる。

「痛みはほとんど感じませんが、さすがにだるさはあります。でも、もうすぐ完成ですから」

微笑を張に向ける。

しかし、張の涼しい作りの顔は硬く強張ったままだった。

彼はいきなり両膝をついて床に跪くと、震える手を伸ばしてきた。

バスローブの右裾がぎこちなく摑まれる。

絹がなめらかに、傷つけられ、鮮やかな色を含まされた肌のうえを滑った。つややかに皮膚を尖《とが》らせる腰骨まで暴かれた。性器はかろうじて左衣で隠れているものの、草叢はわずかに覗いてしまっている。

脚に絡みつく翼ある龍もまた、完全に晒されていた。

「応龍です。美しいでしょう」

面倒を回避する手段とはいえ、彫り物が逸品に仕上がりそうなのは幸いだった。

「——こんなのは汚れだ」

張の喉から濁った声が押し出される。

「なにもなくても、零飛の肌は……零飛は」

言葉を吐き出しきれない唇が、きつく噛み締められる。彼の耳は蜂に刺されたみたいに真っ赤になっていた。

「大袈裟ですね、張は。こんなのは、どうでもいいことです」

「ち…がう」

「はい？」

「違う、僕が言いたいのは、自分の価値をわかって、大切にしてほしいってことだ。自棄《やけ》にならないでくれ」

零飛は張を見つめたまま、だるく睫を上下させた。

「価値？」

「少なくとも、僕にとっては——」

右脚に男の両の腕が巻きついてくる。湿った腿に男のやわらかみのない頬が張りつく。

素肌で触れ合っているはずなのに、リアルな感覚に乏しい。

「僕はずっと、実の弟みたいに零飛のことを心配してきた。これからだって」

清らかな訴えの内容とは裏腹に、張の呼吸は熱を孕み、跳ね乱れている。

零飛はさっぱりとした長さに整えられている男の強《こわ》い髪に指を這わせた。俯いて、呟く。

「弟ではありません」

その言葉をどういう意味合いに解釈したかは、張の吐息が愛欲の喘ぎめいた甘いものになったのに定かだった。

唇が痛めつけられた肌に押しつけられる。

「零飛…」

「張、頼みがあります」

「ああ……ああ、零飛。なんだ?」

「あなたのことを、面倒な相手だと回避させないでください」

まるで息の根を止められたかのように、脚を這っていた喘ぎが止まる。

張がバッと身体を離した。

「私は私の価値を知っています」

母親を贄《にえ》にして、命を繋いだ子供。それだけの価値だ。いまの自分は本当に、それだけの価値しかない。千翼《イーチェンバン》幇の棟梁の息子であることや、肉体の器の美醜など、なんの意味もない。

だから、アメリカに行って、耿《ガン》零飛という人間を自分でかたち作りたいのだ。

「……いまのことは忘れてくれ」

跪いたまま、張が項を伸ばしきって頭《こうべ》を垂れる。

「でも、どうか……どうか頼むから自棄にならないでほしい」

肩口にかかる濡れ髪を冷たい耳にかけながら、零飛はいつものように微笑んだ。

「天ごときを相手に、自棄になどなりません。安心してください」


自棄ではない。

少なくとも、自棄の自覚は、零飛にはない。

肉体や精神に苦痛を覚えるとき、人はそれをどうでもいいものとは捨て置けなくなる。苦痛の種を退けようとする。

だが、そもそも苦痛に対して鈍かったらどうか？

感知しないものに、いちいち反応などしない。

とはいえ感知しなくとも、肉体は傷つき、不都合が起こり、痕を残していく。だから気に留めるようにしている。

しかし、傷つけられた精神のほうでなにが起こっているかは、まったく謎だった。

たとえば今晩、天から投げ込まれた言葉の芥《あくた》は、どうなったのだろうか。溜め込まれているのだとしたら、精神に異常をきたす臨界点はいつ来るのだろうか。それとも、こんなことを考えだしたいまこそが、臨界点なのだろうか。

――……どうでもいいことか。

答えの出ない思考を放棄する。

帰路を走る白いキャデラックの窓から空を見た。

天にずいぶんと長く足止めされていたお陰で、闇に暁光がほのかに滲みだしている。もう一時間もすれば、このまっすぐな広道を照らしている街灯も、存在意義を失うだろう。

夜から昼への狭間に渡された、か細い帯のひととき。

異母兄のサンドバッグになっている一時間も、華やかなパーティの席で美女と歓談する一時間も、零飛にとっては大差ない、分針が六十周するだけの時間だ。

ビジネスシーンにおいては、アメリカの大学で身に着けたものを試し応用していく愉しみを覚えることが確かにある。だが結局のところ、自身の価値が蓄積されていっている実感は薄かった。流れていくゲームを愉しんでいる感覚だ。愉しみ、達成感を味わい、空虚を知る。

それにしても、この一時間にも満たない明け方のひとときは、無機質な魂と親和性が高いらしい。

ここに留まっていたい。

そんな想いがゆるやかに心を満たしていた。

「停めてください」

運転手に告げる。

主人にいちいち目的や理由を訊き返すような差し出がましい真似はしない、専属の運転手だ。

零飛は革張りのシートに身体を倒した。腰を捻って窓を見上げる。硬質の安らぎを宿した空に見入る。生命の活力になっていく種類のものではない。

ただ、いまこの瞬間にすべてが終わってもかまわないと思えるほどに美しかった。

瞼を閉じても、眉間のあたりに静謐な空が留まりつづける。


目を閉じていたのは、おそらく数分のことだったろう。

眉間の空が、激しい物音に砕け散った。

運転席のドアが開けられる音だった。次の瞬間、運転手の姿が消え、代わってひとりの青年がキャデラックに乗り込んできた。零飛はシートに横になっているせいで、バックミラーの視界から外れている。青年は後部座席の人間に気づかずに、慌ただしく車を発進させた。

零飛は身体を弛緩させて横になったまま、なりゆきを静観する。

それにしても下手くそな運転だ。

下手くそで……必死だ。

鉄じみた匂いが、次第に密室に充満していく。どうやら、青年は負傷しているらしい。血なまぐさい体験を積んできた零飛には、その匂いだけで大体の負傷具合がわかる。

おそらく、いつ意識が飛んでもおかしくないレベルの深手だ。

車が高架道路に入る。

これだけのスピードで疾走しながらもし青年が意識を失ったら、致命的な事故になるのは免れ得ないだろう。

零飛は空へと視線をやった。

車のエンジンはフル稼働しているのに、空はまったく動じずに、そこにある。

このまま終わっても別段かまわない心持ちだったが、しかし青年のほうは生きようと足掻いている。切羽詰った必死さが、運転にも呼吸にも染みていた。

どうでもいいことと、譲れないこととが、運命をともにしてひとつの車に押し込められているのだ。果たして、どちらが勝ちを収めるのか。

数十分後、車は大破することなく停止した。

サイドブレーキを引いた青年は、力尽きた様子でハンドルに額をつけた。シャツ越しにも、細身なりに締まった肉体をしているのが知れた。

零飛は後部座席でゆっくりと身を起こした。起こしながら、スーツの胸元に手を差し込む。凶器に指先を滑らせ、握り出す。

青年を、見守る。

若い男の身体が喘ぎ、引き攣るさまは、性的に果てるときのそれに酷似していた。

しばらくしてから車強奪犯は、ハンドルから顔を上げた。首が据わらないように頭をふらつかせつつ、なんとかシートの背凭れへと身体を預ける。

零飛は銃を上げながら、セーフティを解除した。

そして鉄の口を青年の側頭部に当てる。

「……誰、だ？」

驚く力すら枯れているらしい声音で、青年が問う。

零飛は微笑を浮かべた。

「それは、こちらの台詞です。朝からずいぶんと乱暴なドライブに連れてきてくれたものですね」

青年が前を向いたまま、顎を上げる。

バックミラー越しに目が合った。

切れ長の目。痙攣する瞼。充血した眼球。

弱りきっていながらも、その目には生きる目標を持った者特有の狂おしい光が籠もっていた。

このまま銃でその光を打ち砕いてやろうか。

しかしそれを実行する前に、青年の瞼は力を失って、落ちた。同時に銃口へと、無防備な頭の重みがかかってくる。

妙にリアルな命の重みを、そこに見つける。

「……」

青年の頭を支えつづけながら、外へと視線を向ける。

鼠色の工場の群れが、透明感のある朝の光に輪郭を切り出されていた。

了

かの庭に廻る春

開いた窓から流れ込む風からは、花と水と日向《ひなた》の匂いがする。

子供のころに嗅ぎなれた、水郷の村のなつかしい匂いだ。

ひときわ強い風が訪れて、ベッドの端に放り出された辞書の薄い紙をパラパラと音をたててめくる。

……その乾いた音に、泣いているかのような濡れた吐息が重なる。


しきりにシーツに後頭部を擦りつけながら、乱れた髪の下から黒目がちな眸が抗議と欲情の入り混じる色で見上げてきていた。

零飛《リンフェイ》は青年の脚のあいだに深く性器を埋《うず》めたまま苦笑する。

「せっかく君の望みでここに来たんです。勉強など置いておいて、もっと素直に楽しみなさい、蒼《ツァン》」

「……だから、って、こんな昼間っから」

「恥ずかしいんですか?」

裸体に舐めるような視線を這わせる。

この身体を初めて抱いてから、すでに一年半がたつ。セックスの愉しみをとっくり教え込んできた。

長年にわたる武術の修行によって、なめらかな筋肉に整えられた肉体は細身ながらに高い戦闘能力を秘めている。それが自分の前で淫らに崩れるのには、いまだにたまらなくそそられる。しかも、しっかり鍛えられた括約筋はどれほど抱こうがだらしなく緩むことはなかった。いつも初めての行為のような初々しい硬さでもって性器を締めつけてくれる。

「俺は——あんたの足を引っ張りたくないから……頑張ってるのに」

犯されている姿を明るいなかで観察されるのがいたたまれない様子、蒼は身を捩りながら恨む口ぶりだ。

「よく頑張っているからこそ、こうして褒美をあげているんでしょう」

「……」

褒美になっていいない、という表情を蒼がする。

この春から、張《ジャン》は全面的に秘書業務から退いて飛天《フェイティエン》関連企業の総経理職に着任し、それに伴って、第一秘書業務は蒼に引き継がれた。

この一年と数ヶ月、蒼は周りが心配するほど昼夜を問わず懸命に秘書技能、経済学、英語と日本語を学んだ。

よく一芸に秀でた人間はほかのことの習得も早いというが、蒼もまた例外ではなかった。彼は聡明な努力家で、張の読みより早く秘書としてひとり立ちする日を迎えた。

『これからは僕ではなく、蒼が君の横に立つんだな……』

職を退く前日の晩、最近にしては珍しくふたりでの食事の席、張はそう呟いた。彼の手に持たれたシャンパングラスのなかでは、ルイ・ロデレール・クリスタルが繊細な気泡を上げている。

零飛が飛天対外貿易有限公司の総経理となってからいままで、張は秘書として、頼りになる血縁として、ずっと添ってくれてきた。

そして、それよりずっと以前、十二歳で上海《シャンはい》で暮らすようになったときから、張はもっとも親身に零飛のことを心配し、意見してくれる人間だった。

けれども、常に零飛と張のあいだには埋められない溝があった。

張はよく「もっと自分のことを大切にしろ」と言ってきたけれども、その意味が零飛には理解できなかった。

逆に、天《ティエン》からのいやがらせなど自分にとっては大したことではないのだと張に何度も説明したけれども、彼にその意味が通じることはなかった。

本当に大切なものを失うと、感覚の大部分が死んだようになる。それはきっと、体験した人間にしかわからない状態なのだろう。

闇を知る者と知らない者との、絶対的な差異。

どんなに言葉を尽くして説明しても、歩み寄ろうとしても、結局、張と感覚の周波数が合うことはなかった。

わずかな苦味を溶かした声で、張が言う。

『零飛が誰かのものになれるなんて、考えていなかったよ……』

自分でも、感覚の周波数の合う人間と出逢うなどとは、夢想すらしたことがなかった。

叶わない夢をいだくことは、死んだ人間のぬくもりを求めるのと同じぐらい、不毛で虚しいことだ。

死んだ母親は生き返らず、自分はずっとひとりなのだと、そう思い定めて生きていた。

それを哀しいことだとか寂しいことだとか感じたことはなかった。

ただの現実だった。


「……でも、出逢った」

組み敷いている肉体のぬくもり。

二度と感じることはないと思っていた、肌から心へと伝わってくる人の体温。存在。

零飛の呟いたひとり言に、苦しげに眇《すが》められた眸が上げられる。

「なに――なん、て？　……んっ」

腰を回してまだ解れていない体内を抉ってやると、蒼が甘さの混じった喘ぎを漏らす。

心も身体も十二分に応えてくれる相手と結びつけてくれたのは、自分の母であり、蒼の妹だった。いまは亡きふたりの女のやわらかな影を見る。

「ぁ、っ……そんな、動かな――」

不思議な縁で繋がった存在を確かめるように深い結合を揺さぶれば、蒼が喉を反らす。

「ん……ん、んっ」

性交の衝撃に耐える愁眉を舌でなぞる。

唇に口づけを贈れば、朦朧とした熱い吐息を返してくる。

両手で腰を摑んで、腹の側をずるずると亀頭で刺激してやると、腹筋が浮き上がって、苦しげに震える。その腹部へと影を落として突き勃っているペニスの先端が、わずかに白濁の混じる粘液をとろとろと零していく。

「だめ――そこは……っく、ぁ……あ」

弱いところを執拗に突くと、膝を立て、常人では不可能なほど腰を宙に高く浮かせて、ポイントを外そうとする。

こんなふうに切羽詰ったとき、結合部分までぜんぶ晒して、どれほど卑猥なポーズを取るのか、蒼自身に教えてやりたいものだと思う。

腫れた後孔の口にかろうじて亀頭が引っ掛かるぐらいまで抜いては、根元まで一気に押し込む仕草を繰り返す。蒼の長い茎が振動のまま淫らに宙で大きく跳ねては、先走りを散らす。

蒼が果てそうになっているのを、侵入物を奥深くに取り込もうとする内壁の必死な蠢きから感じていた。

大きく開いた内腿をヒクつかせ、あられもなく肉体でも視覚でも男を煽る。身体で表情で喘ぎで、射精を促される。

正直、犯していながらセックスの主導権を奪われかねないほど刺激的だった。

悪心が動いて、零飛は腰を引いたとき、そのまま一気に繋がりを抜いた。

「やっ！　……っう」

悲しそうな声を、蒼がたてる。

「そのまま、腰を下ろさないでいなさい」

そう命じると、自身の淫らがましい姿にようやく気づいた蒼は首を横に振って、腰をベッドに落とそうとする。

零飛はその双丘を掬うように手を差し込んだ。

親指で少し口を開いてしまっている後孔をくじりながら、甘く囁く。

「ここにもう一度欲しいなら、もっと腰を高く突き上げなさい」

指でも構わないと、蒼の窄まりが貪欲に親指に絡みついてくる。指先を含ませてやると、吸い込む動きをする。

蒼は屈辱感に顔を強張らせながらも、震える足を突っ張って、欲しいとポーズで訴えた。

「君のそういう素直さを、愛していますよ」

喉で笑うと、零飛は無理な姿勢のため固く閉じた窄まりへと自身を押し当てた。ずぶりと力任せに突き入れる。

「ぁ、あ――っ」

大きな声をあげ、蒼がいまにも涙の零れそうな目で懇願してきた。

「リン、フェイ……零飛――奥に、そのまま……」

望むようにしてやると、根元まで零飛を呑み込んだ内壁がギュウッと締まった。

「ん…っ――、……っ!」

腰を宙に上げ、後頭部をベッドにつけて背を反らした蒼の閉じた睫のあいだから、涙が溢れだす。

それと同時に、蒼の顔や胸に大量の精液が飛び散った……。「勉強中だから」と乗り気でなかった人間とはとても思えないほど、気持ちよくてたまらない様子、腰を小刻みに震わせながら吐精していく。

零飛もまた、嵐のようにうねり喰らいついてくる蒼の最奥へと、欲情を流し込む。

身体中の神経を白く焼かれるような、強烈な快楽。

すべてを注ぎ込んで、深く呼吸する。

蒼の内腿を鷲掴みにして脚のあいだをすべて露出させたまま、ゆっくりとペニスを引き抜いた。抜いたとたんに、粘り気のある白濁が犯した場所から滲み、溢れだす。

そのおのれの蜜の満ちる孔に長い中指を挿し込みながら、身体を倒して、零飛は愛人にキスをした。


紙をめくる音が聞こえる。

乾いた心地よい音だ。

セックスのあと、戯れているうちに眠ってしまったらしい。目を開けば、南の空高くにある陽が窓から見えた。そう時間はたっていないようだった。

横を見ると、情事に乱れたシーツのうえで、蒼が裸身で腹這いになっている。その手には、中日辞典と日本語のテキストがある。

横顔のすっきりとした線。腰に毛布をかけてあるだけの、しなやかに締まった背中のライン。無駄のない美しさに目を愉しませていると、視線に気づいたらしい。蒼が睫にけぶる切れ長の目でこちらを見た。

生真面目らしく言う。

「夏に日本に行くまでには、少しは言葉をマスターできると思う」

零飛は乱れた髪を掻き上げて、身を起こしながら微苦笑を浮かべた。

「ちゃんと通訳を連れていきますから、そんなに根を詰めなくても大丈夫ですよ」

「……でも、楽しいから」

「楽しい？」

「暁《シャオ》が大学に行って経済とか語学の勉強をしてるのが、本当は少し羨《うらや》ましかったんだ。いまはそれができてて、楽しい」

早くに両親を亡くした蒼にとって、専門的な知識を蓄えるために書籍代や時間を費やすことは、叶わない贅沢だったのだろう。それはわかるが、だからと言って、一日三時間ほどの睡眠しか取らないのは問題だ。

せっかく休養を取らせるためにここに来たのに、勉強三昧《ざんまい》では意味がない。

「いくら楽しくても、たまにはしっかり休みなさい……こんな生活が、ずっと続くんですから」

蒼のやわらかな輪郭の唇がふと緩み、少し照れたような笑みを浮かべた。

「――うん……これからも、ずっと」

窓からあたたかな風が吹き込んできた。

それは零飛の髪を揺らしてから、蒼の手のなかの辞書の紙をめくる。

風の通り道を辿り返すように、蒼は顔を上げて窓の外へと視線を投げた。ひたひたと寄せる春風に髪を撫でられて、心地よさそうに目を細める。

窓から陽のはいる明るい部屋に、鳥の囀《さえず》りが運ばれてくる。

……不思議な感じだった。

惨劇のあったこの家で、ふたたびこんな心静かで長閑な時間を持つことができるようになるなど、考えてもみなかった。

蒼がそっと身体を起こして、背筋を伸ばすようにして庭を眺める。

「外、気持ちよさそうだな」

「庭に出ますか？」

尋ねると、蒼は頷き、ねだってきた。

「久しぶりに、零飛の二胡を聴きたいな」


荒れた庭にも春は廻る。

草木は淡い緑に萌え、自生の花々が群れになって咲き誇る。

その葉や花弁を、二胡の音色を含んだ風が揺らしていく。深い音が、高く掠れる音が、波紋のように庭を渡っていく。

……やはり、疲れていたのだろう。

ねだっておきながら、白木蓮の木の下に置かれた長椅子の隣、蒼は零飛の肩に頭をもたせかけるかたちで眠ってしまっている。

頭上で咲き乱れ揺れる白い花を、零飛は見上げた。

あの写真を撮った日も、空はこんな美しい水色だった。母親とこの場所に並び、父親がシャッターを切った。家族が揃った、数少ない記憶。完全な幸福を閉じ込めた写真。

木蓮の花弁がひとひら、剝がれて、宙をひらりと舞う。それは、零飛の膝に軽く投げ出された蒼の掌へと吸い込まれるように落ちた。

曲を奏で終わり、零飛は弓を持つ手を止めた。

最後の音が、庭に吞み込まれていくのを見届ける。


水路から聞こえる、うららかな水音。

花と草いきれの匂いのする、庭を渡る春風。

静かに寄り添ってくれる、愛しい人の体温。

二度と訪れることはないと思っていた、夢のように完璧な春の一日が、いままた確かにここにある。


零飛はそっと眠る蒼の肩を抱き締めた。

ふたたび廻り来た春を、今後こそ逃がさないように——。

了

あとがき

こんにちは、沙野風結子《さのふゆこ》です。

この作品はアイノベルズで出していただいた同タイトル作の新装版です。デビュー三作目で商業文字書きについてわからないことが多いなかで取り組んだ一作でしたが、こうしてまた読んでいただける機会を持つことができて、嬉しいです。

新装版にあたって本文のほうは、けっこう手を加えました。ぎこちなかった濡れ場も手を入れてみました。少しでも色気UPして読みやすくなっているといいのですが。

同時収録は、当時の小冊子分「かの庭に廻る春」と、書き下ろし「眉間の空」となっています。両方とも零飛《リンフェイ》視点。「眉間の空」はアンニュイ零飛、「かの庭～」はラブラブ零飛です。


さて、今回の攻めの耿《ガン》零飛は、実は初めて「キャラを立たせる!」を意識して作ったキャラクターでした。丁寧語で偉そうでちょっと変ですが、書いていて面白かったです。

蒼《ツァン》はなんだかんだと心身丈夫そうなうえになまじ根がまっとうなので、ぐるぐる悩みながら零飛のお守りをしていくことになるんでしょう。五月刊予定のリンク作「千年の眠り花」では、そんな蒼の葛藤を書いてみました。

しかし初代お守りの張《ジャン》は、なんだか報われないキャラです。「眉間の空」では張×零飛をちょこっと書けて、楽しかったです。張目線だと零飛は受けになるんですね。魔性受けとか?

そして内容のほうでは当時、「ハーレクインぽい感じで」という指導を受けたのですがよくわからなくて、ハーレクイン→派手→アクション?、という苦しいイメージの三段跳びで、暴力シーンを頑張るという踏み外し路線を歩むことに。

けっこうヤクザ系マフィア系の話を書かせていただいていますが、ハード系を書くきっかけとなったのが「花の堕ちる夜」だったのだなと、改めて振り返りました。

いろいろと思い出深いです。

小路龍流《こうじたつる》先生、お忙しいなか表紙と口絵を描き下ろしてくださって、ありがとうございます。新作を含めて、また先生の零飛と蒼を拝むことができて、とても幸せです。

担当様、ダリア文庫の関係者様、お世話になりました。新装版の機会をくださって感謝しております。

そして本作を手に取ってくださった皆様、本当にありがとうございます。楽しんでいただける部分があったことを切に願っています。

ところで、本作を含めたリンク作、来月刊の「花陰の囚人たち」、再来月刊の「千年の眠り花（零飛×蒼メインで、花陰の斎《いつき》と鷹羽《たかば》もいます）」で小冊子応募者全員サービスを予定していただいています。

三冊の帯に応募券がありますので、興味のある方はチェックしてみてくださいね。

＊沙野風結子＊

風結び＊http://kazemusubi.com

（携帯からもアクセスできます）

はじめてこの作品にイラストをつけたのは
もう5年も前になります。
今回読み返して、零飛様がいかにエロイ人
だったか思い出しました(笑)。
新作でまた彼らを描けるのが楽しみです！

小路 龍流

〆切間際、裸体とか尻が描きたくなって
こんなイラストとなってしまいました。
ゴメンね、蒼…。

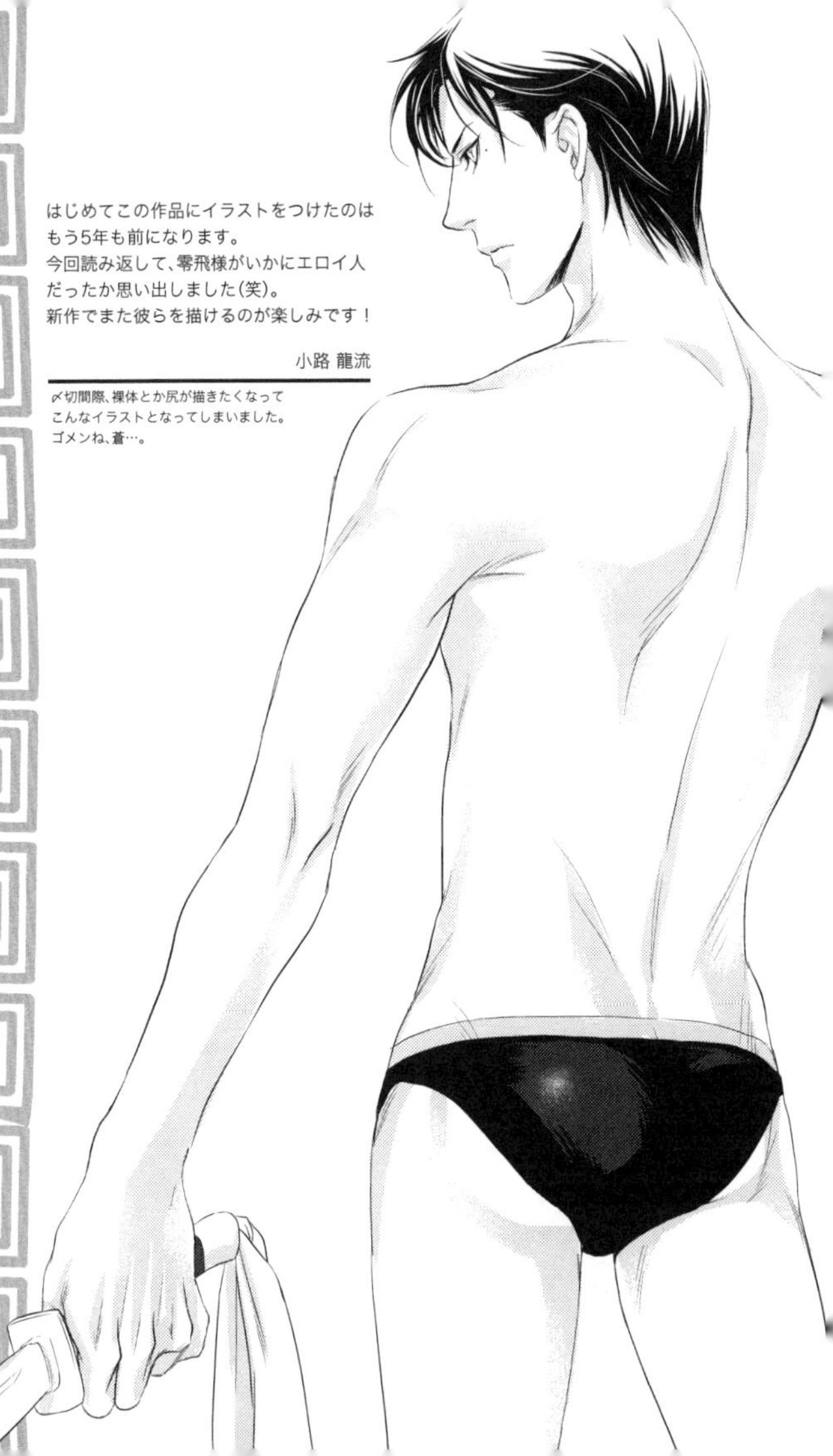

シリーズ1冊目！

有《ゆう》罪《さい》
男の味をおしえてやる…

桜井透也は念願の売れっ子ミステリー作家・穂高燿の担当編集に抜擢される。だが会社命令で予定より早く本を出すことに…。気難しい穂高を説得するうち、透也は原稿と交換条件に穂高と肉体関係をもってしまう。仕事のための恥ずべき行為が躰が感じてくるにつれ、透也は次第に戸惑いと苦しさを感じはじめて――…？

甘く切ないラブストーリー♥　書き下ろし短編付きで登場！！

ダリア文庫をお買い上げいただきましてありがとうございます。
この本を読んでのご意見・ご感想・ファンレターをお待ちしております。

〈あて先〉
〒173-0021　東京都板橋区弥生町78-3
(株)フロンティアワークス　ダリア編集部
感想係、または「沙野風結子先生」「小路龍流先生」係

❋初出一覧❋

花の堕ちる夜……………………2004年アイノベルズ版を加筆修正
眉間の空……………………………………書き下ろし
かの庭に廻る春………2004年アイノベルズ特別付録小冊子を加筆修正

花の堕ちる夜

2009年3月20日　第一刷発行

著者　沙野風結子
©FUYUKO SANO 2009

発行者　藤井春彦

発行所　株式会社フロンティアワークス
〒173-0021　東京都板橋区弥生町78-3
営業　TEL 03-3972-0346　FAX 03-3972-0344
編集　TEL 03-3972-1445

印刷所　中央精版印刷株式会社